现代诗歌集

人生几度

王林强 著

中国文史出版社

目录

1

第二辑 ┃ 情感的浓度

目 录

第四辑 | 青春的鲜度

目 录

心源开处有清波（序言）

——读《人生几度》

蒋子龙

"挥毫写尽三江水，韵和津门六百年"。诗人放怀自励，心境辽远豪放，刚健硬朗。

他是王林强。

长身挺立，英气内敛。曾是从晋地新田走出来的美少年。在城市里读书、就职，刻励精进，力学不倦。今已年近不惑，才情益盛。

每年要写五十万字的公文，还常常一日一诗。借用高尔基评价茨维塔耶娃的话，"急促的狼吞虎咽般的句子"，连三并四地喷泻出来。仿佛不是他在控制诗句，而是诗句在控制他。

文字是他的生存环境，短句子撒泼，开掘了他艺术的心源，文学又使他的公文写作质实可信，草木欣荣。

生活是一种平衡。

诗是他的精神高地。创作是他的生命状态。人生饱满的时候就该多写，想写什么一吐为快。

眷恋家乡，用诗留住乡情，是他创作的永恒主题。愈是离乡，愈是恋乡。离乡是人生的责任，恋乡则成为他诗才的根脉。

于是，他喜爱植物，利用工余时间打理整个小区的植被，浇水、剪枝、除草……甚至把诸多灌木修剪成漂亮的景观，让乱蓬蓬的灌木丛，变成狮子、熊猫、孔雀、天鹅、鸵鸟等飞禽走兽。住宅区里的植物，不能自生自灭，要遵守人类法则，像广场上阅兵的队列一

样整齐、美观。

让植物叙述生命的锦绣，把过往的忧伤格式化，遂使自己的心没有荒原。小区居民也一直把他当成物业公司聘请的园艺师。他却在打理植物的过程中，舒展心灵，行吟天地。

> 植物是记忆，植物是家园
> 阳光落在植物上是挥之不去的惆怅
> 是缥缈的乡愁中浓浓的一缕……

"以前的快乐是生活，现在的快乐是礼物"。他喜欢植物纠正人间的荒谬。喜欢植物的气息是从泥土中吐露，而精神是从根部上升。

他仔细观看草木的寓言，并常常恍惚，"愿作草木，思辨人间"。弃常就异，含蓄不尽。这是典型的诗人心性，草木有知，也理不可解。

正是乡愁，正是植物，把他的诗作引向哲思："只有被绿色拯救，才有辽阔的出路"，"根绿，心也会绿着；这是生命最本质的语境"。

他的哲理诗，清机徐引，内含深微。或出语奇横，诗意朗激；或手眼别具，雅怀有慨。譬如，他工作生活在海滨，对黑夜和灯光，有着特别的感受。

> 灯一亮，时间有了色彩
> 一切都是真实的
> 夜，有着庞大的秘密
> 灯火，小如开花的心灵

文思简净，诗风明畅隽永。以情趣，写性灵，最见才具。经典作家尝言，"不在于活得更好，而在于活得更多。"王林强的诗，最难能可贵的是"诗心向下"，描述普通劳动者的作品最有力量，也最能打动人。

常年在高空作业的"架子工""架线工"，身在底层，人却高高在上。"怀抱之中有蓝天，举足之间是山河。"

命运的喉咙
吞咽世上的灰尘

腰上的绳索
把晃悠的生活紧紧系牢

下笔情不自恃，又沉机有智，表达了来自"土厚水深"的新田诗人，对底层劳动者的真挚。

感之，写之。心有所动，抉隐发微，随之形诸笔墨，篇什云涌。日积月累，巍巍荡荡，体现了作者热烈、执着、富于才情的生命力，也构成了属于他自己的诗文世界。

写作涵养心灵。"文学是有光亮的，照亮人生，照亮心灵，照亮生活。有文学陪伴的日子妙不可言"。自己的爱好成为工作，生命会愈加厚实丰赡。

有一古联："眼界高时无碍物，心源开处有清波。"新田诗人王林强，澄怀创真，势能可喜。遂以此文恭贺他的新诗集问世。

2023 年 7 月 5 日

植物的高度 ⊕

人生气度

假如我是一棵树

假如我是一棵树
会始终笔直如一地站立着
会脚踩大地、枝繁叶茂地站立着
无论骨骼还是血肉
无论灵魂还是胆魄
都会带着与生俱来的深入
还有年复一年的上下求索

假如我是一棵树
我会搭上太阳这张车票
让全身都滋润着绿
让阳光照射在我的头顶
时光的手抚摸着我
岁月的吻亲昵着我

假如我是一棵树
我相信，只有被绿色拯救
才有辽阔的出路
仅仅是春夏秋冬一句又一句的语言
而我听了之后
却豁然敞亮

一颗心浮想联翩紧紧跟随
在人世间最美地温情畅谈

假如我是一棵树
绿一次次打开我向上的思路
哪怕一颗孤独的心无处安放
哪怕一双灵魂的脚疲惫不堪
我都可以用爱偿还爱，用心对接心
一页一页把我的温暖翻开

树，什么也不说
也代表着思念
绿，悄悄走了
也代表着永远
大地之上，日月星辰
新的时光，旧的时光
都是绿的给养
翻来覆去的绿
把一切的可能变成了无限可能

即使秋来
根也会绿着
根绿，心也会绿着
这是生命最本质的语境

让我告诉过去也告诉未来：
假如我是一棵树
与树长久的爱，与根同生
与树长久的情，与绿同在

把一切杂想都放在大地上
让脚下的泥土来孕育无限的希望
让未来的天空来完成无穷的想象

2023 年 5 月 31 日

园艺"诗"

一些参差不齐的树木
一片繁密茂盛的枝条
路边的连翘，墙边的冬青
缠绕的木槿，站着的桧柏
池塘边的女贞，沙坑旁的小檗
从自然中来，到园艺中去
自然便有了呼吸

园艺
从技术中解放
从内心里绽放
自然，需匠心独具
自然，需独出心裁
以园艺的方式开解自己
以最美的姿态放慢自己
这，便是自然的底色、生命的底色

我的眼中
树非树，万物皆艺术
艺非艺，万物皆灵气
树木没有贵贱贫富

没有善恶美丑
没有等级排名
园艺可让它忧愁变为欢乐
掏出我滚烫的心温暖树木的心

一把剪刀一开一合间
一根铁丝一拧一紧中
一根绳子一绑一勒处
塑造出直角，三角，锐角。方成一个方
描绘了圆形，弧形，扇形。圆满一个圆
主角与配角，观众与演员
只是互换了时空
互换了角色

植物的造型
像酒酿，久而弥笃，芬香愈烈
这短暂的造型艺术
将有限的生命传承无形的永存

犹如烟花
会有眼眸注视它绽放的美丽
犹如流星
会有夜空定格它滑过的永恒
犹如回声
会有山谷萦绕它回响的律动

园艺师，非诗
但这个师和诗一样，永恒

2023 年 5 月 9 日

我与绿很亲密

着一袭绿色的外衣离开昨天
飘着绿的情感和绿的希冀
让我的灵魂洒脱地去远走他乡
实现美的践约

我不谙世事地托着腮
以愿意停留的心情赞美绿
已经把过往忧伤全部格式化
以绿的姿态缱绻
这一刻，我是真的远离喧嚣
绿得明媚而饱满
绿得清澈而敞亮
以情不自禁的情感
叙述着生命的锦绣

现在我才明白
原来，我一直在一条铺满绿的道路上走
踩着生命本质的音律
延续着生命本源的热爱
有大把大把的希望无可抗拒
有光影交织的梦境无尽想象

绿意盎然，以永恒的青春摇摆
我心无骛，以绿色的颂词宣言
这让人沉静的背景
这让人善良的颜色

打开绿的经卷
铺开绿的画卷
继承千金散尽留下的遗产
留下优美的背影给绿欣赏
永恒地写下：
我的心没有荒芜
我的心没有荒凉

因为绿，学会了苍茫地转身
因为绿，学会了优雅地告别
因为绿，学会了温情地告白
因为绿，学会了深情地相爱

2023 年 5 月 30 日

渗入枝叶和泥土

把情感染成绿色
黑暗就会变得更为透明
不管你把水柱洒向天际
丢在风里
还是渗入枝叶和泥土
我都会用一种温暖的凉爽靠近你
拂晓前蔽日的一片爱

黎明之前
以清澈洗涤双手
竞逐的水柱
将暗黑凝结出的情愫
轻轻捧出
戏弄植物的身体

在潮湿的尘世
一滴一滴串在一起的水柱
就是一串串晶莹的心跳
顶在叶端，躺在绿色波浪中
让太阳的毒，看起来温和
在浓而不腻的绿意中

静静地合拢出圆润
与叶片合尺寸的拥抱
恰好装满羞涩的酒窝
在昏暗的光中
委婉地晶莹着，缠绵着，滚动着

这繁茂的人世间
我多想把自己变成这样一串水柱
让水播撒万物，让情一笑而过
纵然它是水，是热泪
哪怕只剩一滴
也要无声渗入枝叶
还要坠入沉默的泥土

2023 年 6 月 13 日

绿的给养

有时候，看到绿色，就会触摸心迹
思想会从第一眼绿开始幸福地思考
幽静的清晨，穿透绿色
突然想起了自己纯情的十七岁

那时，没有俗世的羁绊
即便流泪，每一颗泪也可能变成珍珠
即便忧郁，每个心结也可能系住情意
但是青春已散去
身后是归置整齐的思绪
弥足珍贵的是
依然还可以以绿的姿态去揣想
曾经是怎样把人世间温情畅谈

整理完思绪
把那些戴着枷锁的内容
重新装进抽屉封闭起来
让意识的身后
只留下一把锁的空白

我终于回过神儿来

让梦恒久地用心凝望
意气风发地放飞心翱翔
当看到绿色
我就动用无数的文字
去写一生延长绿色的信
我发现，生命在绿色里行走得要更加缓慢
因为，我在爱，爱一切美好

通过深浅不一的绿
说出自己一直在深深浅浅地读着的乡愁
能够用心连接心，用情偿还情
那就是青春邂逅绿色之后的深情补偿
沿着绿色一个人款款前行

从一片绿色出发
到另一片绿色停留
一路的苍翠一页一页把我委婉地翻阅
都是绿的给养
为幸福之后的痛苦来
为痛苦之后的幸福去

2023 年 6 月 14 日

谁是我，我又是谁

谁是我？
未来的我会问现在的我
现在的我会对过去的我说
我又是谁？
过去的我问现在的我
现在的我对未来的我说

问一棵树，问一株草
问那枝被绿色萦绕的花朵
问一次邂逅，问一次梦
问一块亲吻脚底的绿草

在心神不宁的白昼晨昏
在悠然自得的春秋冬夏
无数的我对我说：
做一个感动自己的人

喜欢真挚，喜欢纯粹
喜欢赤诚，喜欢热爱
喜欢有风有雨，喜欢有情有义

喜欢一棵树，爱上一棵树，人生如树
眷顾一片绿，恋上一片绿，获得宽恕
裁剪一根枝，编上一根枝，那才纯真

给每一棵树体检，过往，攥着泥土的情谊
与每一棵树对话，反复，揣着灵犀的相惜
向每一棵来不及呵护的树认错，和赔礼
跟每一棵生病的树忏悔，和道歉

我问谁是我。你问我是谁
我和树在做什么
未来的我问我，现在的我对过去的我说
我问过去的我，未来的我对现在的我说

2023 年 5 月 23 日

植物是面镜子

其实，植物在我心里
就是一柄旋转着日月的镜子

一面照着的是
扎根泥土，遮风挡雨
一面照着的是
栩栩如生的艺术造型的真实和虚渺

一面照着的是
时代的变迁，时光的深邃
一面照着的是
生命的过程，久远的奥秘

一面照着的是
跳荡着创造的光芒，闪烁和呼吸
一面照着的是
植物上滚动的枝叶，来世和今生

拿起植物这面镜子照照自己
一面照着的是天黑了睡着了

像风又像雨其实就是一场游戏
一面照着的是天亮了梦醒了
不悲也不喜活在自己的时空里

2023 年 5 月 24 日

一个不能被忽略的夜

谁说深夜的世界是沉寂的？
谁说植物是孤独的？
谁说眼前的植物悬挂着闪亮的珍珠？
谁说植物躲藏在黑暗里隐藏着秘密？

植物的叶子在深夜从不沉寂
呼唤丰满了记忆，被我反复地翻动
或涤荡，或追忆，或诉说
一枝一叶的痕迹都是取之不竭的信笺
慢递，珍藏

一排排植物牵起手臂从不孤独
重叠的夜脉，重叠的阴影，重叠的目光
或亲吻，或共舞，或抚慰
那些飘逸的枝叶就是一扇门
打开，放飞

每一双植物的眼睛都闪烁着人世间的光亮
把恢宏与慈悲的光洒在夜空里
或祥和，或安谧，或寻觅
用目光解开多年的回顾

翻阅，注目

无论光与暗，植物都能认出彼此隐秘的光泽
他们掌握着同一道密码，穿越，对话
或低喃，或细语，或暗号
凭借时光传出来的一层隐喻
解锁，回归

2023 年 5 月 25 日

孔雀声碎了夜的梦

此时，劳作了一天的人们
已经渐渐进入了梦乡

外边是漆黑的
风也是黑的
悄悄地穿过孔雀林
一片又一片寂静

这里是隐秘的
一切都隐藏在暗处
隐藏在一片居民楼之中
隐藏在一阵风之后
隐藏在一段话语之间

静静地
一切喧嚷繁华都已消散
静静地黑
才是最真实的存在
静静地静
像希望一样可想象而不可求

却是一声孔雀洗澡的叫声
犀利，划过风的边缘
啄碎夜的黑
在弹响的心弦上
散播着某种往昔的情怀和记忆

之后
是一阵扑棱棱的飞翔
很快就隐藏在夜色之中
又归于平静

不知道是快乐的啁啾
还是享受沐浴的美妙
却是惊醒了梦
各种植物造型的梦和一个男孩的梦

2023 年 5 月 26 日

雨后的祝福

雨后的景色充盈着满目的苍翠
我眼中的辽阔
与一棵棵树相融
梳理着雨后的枝叶
沐浴着夏雨的淋漓
成就了植物生灵的颂歌

喜欢执念着注视着
一棵棵与我玄妙在一起的树
值得我一再回眸
这光亮如新的场景
就连枝叶都露出惊诧的眼神
我似乎聆听到隐约的梵音
一切都变得柔软起来

一尘不染的清寂与蓬勃的生机
它们没有在枝繁叶茂的旧梦中深睡不醒
它们噌噌发芽、绿盖如阴怎么都停不下来
它们要将这雨后的祝福
一直擎到天上去

这些落在人间的美好渐渐明亮
我喜欢植物纠正人间的荒谬
我喜欢抚摸植物的枝叶
朴素的细节，温润，委婉
舒展着心灵有行吟天地的情怀

雨后的每一棵树，根扎得都更深了
它们笃定没有辜负大自然
没有辜负我
热情迎近，坚韧挚爱
轰轰烈烈，旺盛地活着

我期待有雨降落滋润树木
就像是期待自己永远青春
但是，我已不再年轻
唯愿这些茂盛的树不要变老
能繁盛就尽情地繁盛吧

2023 年 5 月 27 日

大心的绿篱

整齐有序，和谐融洽
绿篱间一派恋爱气象
无须大树的生存间隔
无须鲜花的幸福畅想

绿篱紧紧地相拥相抱
相依为命的生动自然
既不矫揉，更无造作
迎风摇曳，快乐分享
露珠阳光，亲吻绽放

大度，一以贯之的信仰
长青，始终不渝的希望
不拒蝴蝶蜻蜓栖息
不斥蛐蛐蚱蜢筑巢
让麻雀喜鹊采集种子
揣在心里，播种八方

青翠过春夏
携手度秋冬
四季常青，从不悲伤

绿色永驻，从不彷徨
以春风的信念，与严寒对抗
从不畏惧，因为有颗广博的大心脏

2023 年 5 月 15 日

与我擦肩而过的树

与我擦肩而过的树
我看见他在不停地向我招手
不知是在悠然哼着歌等我
还是在花香里寻找知己

与我擦肩而过的树
站在路边，东张西望
不知是在找寻丢失的往事
还是在寻找梦中的诗情画意

与我擦肩而过的树
在夏日里，左摇右摆
不知是在时光里打盹
还是在寻找似曾相识的梦呓

与我擦肩而过的树
是我最好的朋友和兄弟
彼此装满深情款款的气息
填补那些不知疲惫又相互吸引的暗语

2023 年 5 月 14 日

剪刀者，植物的圣者

阳光暖暖地
一点点地将绿色渗进岁月
渗进每一棵植物里
这植物的圣者
大自然的工匠
沿着日子的轨迹
抚摸着每一寸植物

一双充满能量的手
沿着阳光的方向探寻
强烈地追逐着
寻找寄托
以及植物的意义

手持剪刀
看似漫不经心的动作
却是沧桑里的经典
剪一剪疯长的枝条
绕一绕肆意的枝杈
除去一个又一个杂乱交错的枝蔓
编织一簇又一簇蔓蔓日茂的守望

以廉价的力气
最美的情致
打造神圣的生活殿堂

剪刀亲吻植物
是剪刀者在探寻
探寻植物的芬芳和神秘
感知植物的柔润和斑斓
其实，神秘者是剪刀者
指尖划过，便是满眼灿烂
交换眼神，便是唯美浪漫

2023 年 5 月 10 日

无 限 美

剪刀移动，垂怜夏日的静谧
光线移动，偏爱清澈的自喜

每周给植物修剪枝条
是对植物和自己最好的供给
绿枝叶从枝头径直开往心头
滋润着永不褪色的今昔

冬青、木槿、金叶女贞
黄金榆、连翘、红叶小檗……
各种植物造型划向自己灵魂的栖息
梳理着奇秀与苍青
没有辜负自然的相依
而自私地精确衡量着我的欢喜

那些被时光呵护的旖旎
和阳光遥相辉映的更替
让我依稀看到
当年远离家乡的目光与希冀……

2023 年 5 月 7 日

另一棵冬青

加上去年新修剪的几棵
院子里的造型冬青多达十五六棵

这些冬青仿佛各持禀赋
虽然都是绿色
但是各怀心思，各有生命
并没有完全一致的颜色
乌龟造型的那棵绿得发深
葫芦造型的那棵绿得发浅
狮子造型的那棵
新叶舒展得晚些
绿得很纯正

鸵鸟那棵，绿得透亮
但是另一棵冬青——
我说的是花篮造型的另一棵
自打吐出叶芽始
就有一种纯正的绿意
仿佛可以提着它去购物
等到五月之初的这几日
就愈发纯正

而且逐日渊深起来

我最喜这另一棵
觉得它独具神韵
每每走近给它修剪后
都忍不住久久伫立
看上几眼，嗅上一嗅
甚至摸上一摸
它淡到没有的气息在我鼻息间游走
我无比陶醉地畅快
又莫名其妙地愉悦

从枝叶间下天光的蓝和阳光的斑驳
衬得每片棱角分明的叶子也灼灼发光
丰富的救赎之光带来治愈的安宁

在自然植物的时序里
这另一棵冬青并无特殊的华丽
和任何一棵冬青一样
它也只是一棵冬青而已
它只是被我选择的一棵植物造型
于是，它成为另一棵冬青

2023 年 5 月 5 日

一剪一编都是孔雀对我的嘱咐

暮春的光丰富而含蓄
生活的图景寥寥几笔就被清晰地勾勒出来
孔雀的羽翼
只要手臂开合后就可以完美地修饰

如果你不能理解这抽象的哲学
我就先抹掉这暮春的光
请出立夏的夏与你挥汗如雨
如果不能忘记世界对你的嘲笑
还有欺骗和垄断
我就呼朋唤友
让枝繁叶茂集体会诊你对生活的自私
　狭隘和阴暗

我的内心世界和孔雀是相通的
一只孔雀，变为了四只孔雀
一剪一编都是对我的嘱咐
暮春的光裹着孔雀
孔雀的毛映着春光
如此和谐统一
倘若时间允许

我想一剪一编，丝丝环绕
去寻找植物保护生态的谱系
去解释它们与我一起形成的精神生态

温暖终究比光明更能带给我们安全感
勤劳终究比懒惰更能带给我们幸福感
感谢四只孔雀
它让我对春天始终充满自信和想象
人心的冷暖跟孔雀的生命紧密相连

因为植物的艺术被孔雀陈述表达
植物的繁衍被孔雀的召唤声带走
从一只，两只，三只，到四只
不再诉说冷清和孤寂
孔雀家族的部落
被炽热的情怀，坚韧的属性
　和钢铁的信念所包围

它们时而静静站立，像一个光彩的站牌
它们时而缓缓前行，像徘徊的跳动音符
它们时而展翅飞翔，让身影和云影重合
它们时而俯下身子，与我贴耳呢喃细语
嘱咐不要忘记对它们的呵护

一剪一编的情感一直不经过任何雕饰
由心而为
一剪一编的流淌都是不会变桨的炽热
由心而始

四只孔雀的静好
阐释了我的汗水和富足
说烦恼，都是多余

2023 年 5 月 3 日

深夜谁让我不再口渴

深夜，植物沉寂
听，水声叩响植物，哗哗，哗哗……
植物胚芽儿在迅速拔节
浇水止渴让植物之眼复明

植物的诞生，成长，旺盛
必然遵从阳光与土壤的纹理
必须遵从浇灌与剪枝的呵护
一棵植物的历史已经化作符号
无数次地绿染着山河与家国

水，在黑暗中孤独地行走
仿佛对一切依稀觉知，又仿佛未知
水，拍打着植物的衣裳
拍打出缝隙，渗透到根部
乳汁一般膨胀伴植物孕育

植物沐浴后发出新鲜的呼吸
植物的胃不再饥渴
植物的身体把水言欢，舞蹈放歌
这是一股无法抵御的神秘力量

解渴之后迸发出独有的气韵
无数棵植物都在夏日的深夜期待着

一泓水源，一股清泉
一阵水声，一簇星火
水是一根无声的线
把植物，大地，降温，止渴
还有我串联在--起
传递着这人间的生命

2023 年 6 月 4 日

每株荷花都在追忆

荷花
清新自然描绘出泰丰公园接人待物的态度

纷扰在这里找不到场地
喧哗似乎也找不到归处
湖中央的一株小荷才露尖尖角
就让一筹莫展路过的人找到了理想

理想很饱满
就像荷叶毫不犹豫地展开全部的绿
为泰丰公园不遗余力地抒发情感
一池荷花
每一株都在追忆盐碱荒滩一路走来的不易

熟悉盐碱荒滩的人
都不必感叹
因为你一定知道荷花盛放的缘由
人的一生都是一路向阳努力向上的过程
是我们忘记了悲伤的泪水和勤劳的汗水
毕竟荷花也是经历过一段黑暗中的成长
才有今日的开放

全部的光明会刺眼
全部的黑暗又需要被点亮
在光明和黑暗中不需要全部
因为都会让人看不清东西
泰丰公园会指定荷花带着露珠去陈述

泰达人是知道泰丰公园的秉性的
公园中的湖水
也在宠幸每一个出淤泥而不染的荷花
清脆的藕是她庄严起誓给荷花的承诺

所以，这个夏日
我要给你导航一条去往泰丰公园的路
你只管轻松自在地走去
临湖看荷
或许你会喜欢暂时的不全部的黑暗
你的躬身自省
也远不足以表达对荷花的尊重和敬仰

2023 年 5 月 22 日

一棵树的守候

把守候潜伏在一棵树里
借助树的葱绿苍翠
映照通往深情的守望
守也旺盛
候也繁密

有怎样的选择就有怎样的时光
无法说出又无法想象
在精致的茂密中徘徊又徘徊
努力扎根
无法替代

把时光剪成一段一段的
安放于虔诚的树里
看岁月忽上忽下
弥漫周遭辽阔
时光无法阻止绿色的繁衍
落地生根
化作雕塑

一棵树的守候
怀抱、倾诉和思念

经过我的视线后
温良恭俭上升为敬畏
没有枯萎
只有茁壮

2023 年 5 月 21 日

阳光落在植物上

植物是记忆，植物是家园
阳光落在植物上是挥之不去的惆怅
是缥缈的乡愁中浓浓的一缕

在北坞村
金灿灿的阳光，总是贴心贴肺地
落在我喜欢的那些植物上

哪怕一株再平常不过的人汉菜
哪怕一棵遍地长满的扫帚苗
哪怕一朵小得不能再小的喇叭花

如同院子里菜地里 nüe①
种的芫荽，细碎，柔弱
而又透着浅浅的紫
也都会是阳光不离不弃的宝贝

这是阳光明媚的季节
风吹过田垄

———————————

① "nüe" 为晋南对奶奶、姥姥的称呼。

轻车熟路地穿过阳光的间隙
吹拂着金黄色的麦子
像块块用黄金铺成的黄地毯
也吹拂着正在麦地里拔草的 nüe
直至吹乱了她满头花白的头发

吹着吹着，麦子熟了
吹着吹着，nüe 在不知不觉中老去
最终虔诚地守护她劳作的这片庄稼地

阳光，总是落在我喜欢的植物上
也会在 nüe 的坟头，歇歇脚
有意唤醒她
看看垄上的麦苗
摸摸灶上的柴灰
闻闻囱上的炊烟
亲亲思念的强儿
······

2023 年 5 月 21 日

沿着绿走路

绿能够出发和抵达的地方
注定是纯粹和美好的
祖辈与绿有缘
父母又与绿结缘
我从小心里就种下了一片绿
绿色基因早早就注入身体
不可更改地因为绿把自己托付
绿，让我一生都充满着热爱

无论何时何地
只要有绿这块深情厚谊的版图
我就会情不自禁
动情地书写一行又一行涌动的热望
每一次书写都想放飞心翱翔

与绿厮守属于自己的美妙所求
与绿对话属于自己的畅快交流
多少次前行，学会为自己回首
多少次停留，懂得为自己守候
只要看见绿对绿的追逐
热爱就不停地回首

看着走来走去的文字
还有那牵肠挂肚的思绪
我终于明白了
以绿的姿态揣想这世间的美好温柔
对有些物是人非的人和事
不需要再无厘头忧愁

我和绿来自一个源头
祖辈守望绿色的肺腑
父母一生绿色的奔赴
绿的信念浸染着我
从一片绿出发
到另一片绿守护
一页页把我婉转地浸透

心里的那片绿
一寸寸走过生活的路口
情托的锦书寄给大片大片的绿草和大树
我将继续沿着绿款款走路
用爱偿还爱，用心对接心
延续一生绿的情愫

2023 年 5 月 17 日

做一株草木

做一株草木
随了草木的姓和名
生长在这里多好
朝霞夕光生命延续

气息从泥土吐露
精神从根部上升
姿态在身上集中
生命在枝叶蓬勃

大地的宽容
让绿色底层的草木与大地保持最近的距离
风，是最干净的一缕
叶子因阳光和雨水的抚慰
有着青春的亮丽底色

蹲守在无人注意的角落
自由在无拘无束的荒地
植物中的隐士
与四季同步
在挣扎与呐喊之间

在膜拜与仰视之中
生存赐予姿势
姿势赐予存在

花开，或者叶落
一尘不染的明眸
星星，或者鸟语
冷暖交替的斑驳
潇洒和盘旋的惬意
安静地忽略了生死和枯荣

做一株草木
以缠绕的藤蔓
执着的根须
热恋着土地
深刻到每个枝叶
深刻到每个微笑
深刻到每个姿势
深刻到这个世界无法把你摧毁

思想的储蓄
善良的羞耻
可以借一双绿眼审视
我愿做一株草木
思辨着整个人间

简单而平淡，生长与循环
世界归于一，命运似草木
俯下身体

仔细聆听草木的心跳
繁华如烟
仔细观看草木的寓言
名利虚空
唯愿做一株草木
思想永远处于一种良性的循环

2023 年 5 月 1 日

金色的夜晚

镜头映照着漫天银质的繁星
恍惚成原地正在开屏的金孔雀
被月光点亮的夜空
呈现迷幻的金色

灵感从泼墨的画稿上升起
把我也拉入这片金色的夜晚
我想再给金孔雀寻找一个伙伴
停歇，栖息，纯粹，坚守
心灵静谧，拥有天籁般的幸福

我剪裁下今晚的夜空
取走一块金色的夜
用灵感填补整个世界
希望今夜把它孕育初醒
让金孔雀呓语吟唱
温暖另一颗心的流浪

我迫不及待地用手裁剪着金色的夜
化解了心中火热的焦躁与不安
却咽不下夜里潜入的梦魇

只好祈求灵动的金孔雀
扇一扇优雅的翅羽
碾碎这些梦魇

星星倦了
它们借着流泻的月光
从金夜中垂落下来
孔雀醒了
穿戴整齐的外衣
变成了闪动的精灵
矜持到好像从未来过这个世界

我吐出了吞下的金夜
我承认
我就是剪裁一块金夜的设计师
甘愿编织本不存在的景色
来弥补这世界空乏的浪漫

我看着金色的夜和金色的孔雀
我向他们走近
金色的情一半扎根在土壤里
一半升华在夜空中
虔诚地守望着这金色的夜晚
淘尽情怀

2023 年 4 月 12 日

金孔雀锁住的时光

一剪剪就进入了枝条的柔软里
仿佛走进了多彩的时光隧道
绿叶，躲在了小黄花的后面
金孔雀，藏进了枝叶横生的灌木丛

被时光遗弃的连翘花
在风尘中随花香隐去
但是，我想用灵巧的手
换取它斑斓的黄金梦

蒙太奇般的魔幻
拼接了时光的光彩胶卷
连翘花带着隐喻的使命
为锈蚀的时光上锁
杂乱的繁芜的枝叶
就如久远的故事
无法用一个简单明晰的脉络
展示出最好的自己

我，迷失在编织和剪裁的季节里
时光之手雕琢，打磨着生命的灵魂

我的心沦陷在美好的意象中
成为锁住时光的一位聆听者

天地为经，时光作纬
疼惜每一根断落的枯枝
珍藏每一片遗落的叶子
在调整呼吸、整顿心情的次序中
点木成金变为了金孔雀
在我耳旁细语呢喃

我如一位迷途者
跌入了时光的窖藏里
看着它振羽争辉旋转身姿金羽抖动的气场
补白那一段与我无涉的岁月

我编织和剪裁喂养着植物的生命
我把植物喂养得和时光一样有笑容
金孔雀亦能听见锁住时光的声响
而我找到了一把时光的金钥匙
锁住时光做伴，锁住时光久远

2023 年 4 月 9 日

挽住一段时光

谁能挽住一段时光
唤醒每一个向往
谁能挽住一段时光
穿越亘古不相忘

笨拙的笔勾画繁花似锦的花束
有爱的手编织着安静不言的你
把心缠绕，用情裁剪
喧嚣远去，大美可期

也许，你毫无顾忌地疯长
把疼与爱藏进心里
用满怀的期待
幻想从此开始预期
摁进土壤，寻找遗忘已久的根系

也许，你无言地躲在岁月的角落里
从普通的植物想变得晶莹剔透
成为价值连城的珍宝
闪耀生命真正的光泽
在天地之间，见证着无言成器

也许，越是靠近越贴近心脉的悸动
站在风中，收紧骨骼的密度
站在光里，接受阳光的暖意
不计时光，不刻岁月，也不细数
指纹的印痕在你身上生根
我不言，你不语，但时间佐证了命理

一剪又一剪，沉入深深的绿海
一遍又一遍，勾勒黎明的天边
我将美用心编织，摄入眼眸
你替我挽住了时光，奔向了向往
你替我挽住了时光，抚摸着难忘

2023 年 4 月 8 日

樱花 "没" 好

世上所有美好的事物都是短暂的
不论青春芳容
不论彩虹的七彩变幻
不论樱花红素扮春装
还有一些美好的事物
它们都是浮云一片
转瞬即逝

这城市广场的一行行樱花树
一曲香馨柔曼曲
一股带露的芳香
还有吹过浅草的迷人春风
这一规律，于我，是那么深沉

一些亘古不变的事物
往往被我们忽略不计
就像上苍赐予的财富、爱情、友谊
还有一切的美好
大漠孤烟中草木轮回
浩瀚画卷中波平浪阔
还有遥不可及的明月

得不到的东西最珍贵

你在樱花树下仰头
试探美好的深浅
所有喜欢和被喜欢
爱和被爱
都随春雨流去走过了花期
只剩风吹落在花丛中的痕迹
春雨将花瓣连同芳香一起还给泥土
只有根与叶还在

世间一切最美好的事物都是短暂的
仿佛在觥筹间的繁华里
用索然的片段记忆着
一切，分离与相逢只源于人的念叨

2023 年 4 月 6 日

四月，和樱花的对语

櫻花，可否知道春天的劳苦
它秘密停滞在城市广场的走廊上
使吹过的风带着尘土

那遥远的黄土地
刚新翻开的泥土一片黝黑、松软
把点下去的种子
藏得那么深

而樱花只管自己开了
它从不阻拦慢悠悠的牛车
和扬起尘土的拖拉机
经过田埂时带来的震动

它像扎下根的浮云
使一条城市长廊白得眩晕
樱花不知道躲避
蜜蜂和蝴蝶亲吻着它的花瓣
一直向深处穿行

樱花带领的队伍

为春风所鼓舞
为城市的人影所吸引
为春天的命运所左右
它陶醉于远处的神秘和忙碌

而我在樱花前
重新照见了自己的面孔
和黄土地的深沉一样
心底摇荡着思索和忧郁

2023 年 4 月 2 日

"兔"然遇见你

两个大耳朵含情脉脉，灵得很
绷紧了自己的神经
搜寻来的那些千奇百怪的声音
让自己那颗戒备的心遥不可及

圆睁惊恐的双眼
注目着这个陌生的花花草草的世界
你看到的是人头攒动的城市
不是青草满坡的野地

我悄悄地走近你
欢欣地看着你与我对视
眼睛在清澈的风里擦过
而后竖起的耳朵也含情脉脉
那平静而又灼人的目光像是一种安慰

全身晃动的阳光
将所有的美都递到了我手上
我想摸一摸你那温厚而松软的绒毛
我害怕，风随意触动某个音符
猛然间就惊动了你

可当我慢慢移步
就快要接近我的童年时
你的眼睛却盛满惊慌失措
无处躲藏
瞬间消失在寂静里

2023 年 4 月 2 日

狮　　子

多么可爱的狮子
你在繁华的城市驻足
原本可以在山林间咆哮
但却在绿叶间如此安详

多么可爱的狮子
充满生存的智慧和力量
你用全身的力气站起
找到生命的草丛
隐藏起往日闲庭信步的尊严

多么可爱的狮子
你曾像风一样，走走停停
远处的太阳光照射在你的身体上
比从前散步的白昼
更加的广阔

多么可爱的狮子
这里就是你放逐的故乡
你轻易不会流泪
你的泪水

会和草叶间的露珠落入干涸的大地

多么可爱的狮子
你的目光如燃尽的火苗熄灭于泥土旁
树木虽遮住光线
但是你与大地奔跑的样子
一直停留在大自然辽阔的草原

2023 年 4 月 1 日

猪

你不问前尘今生
肥壮的身躯
数不清的圆，思想是那么纯真

你一生走不出围城
也不会被攻破，肥了人们的餐桌
你只会以最美的憨笑望着炊烟

你一生生活在围圈中
也会吃喝打呼噜
你长膘后也不会成为舌尖上的美食

你幸福着笨拙地守护在这里
那梦撑得溜圆
聪明的你，刷新了形象，远播了美称

2023 年 4 月 1 日

不只是一片叶子

那些绿翠的碎瓷
似从某阕词里
挤兑出的清丽与柔美
旋即成林，成荫

朴素又安静的
最是善感
甘愿平凡和寂寞
总将最美的赋予你

树枝被举得高高的
叶子被举得高高的
阳光被举得高高的
承受着不能承受之重和轻

每片叶子肩负鸟的理想
驮着季节和天空
葱茏而充实
辽阔而高远

忽然间断裂的声响

是一场来临的预谋
一片片地退场
是另一种欢愉或疼痛

当枝头还原压弯的时光
放下，成为敲响大地的梵音
每一片都没有苦痛
只有来生

2018 年 8 月 26 日

落 叶 说

我把自己
打扮成金黄色
就是准备
随时离去

我绝不怪枝
无情无义
我也不怨冬
如约而至
该离开了
与其凋零在寒风中
不如腐朽在泥土里

我的位置
不高不低
我的姿态
不亢不卑
造就了永恒的我
及我对季节
美好的回忆

2018 年 10 月 31 日

情感的浓度

姥姥，我想你了

当深埋在记忆里的碎片
在这样的时节，被我拾起
我早已忘记我是什么时候
从一个孩子变成一个大人

当我还很小的时候，姥姥总抱我出去玩
一把我放在地上，我就撒了欢儿地跑
姥姥在后边追，没几步她就跑不动了
可跑不动她还是得跑，因为她知道
眼前的这个孩子就是她的希望

当我稍懂事了，我记得姥姥总是把好吃的留给我
她看着我贪吃的目光，总是那么的慈祥
我伸手把好吃的给她，她拿起来看看又放回到我的手中
"姥姥不喜欢吃，你替我吃吧……"

当我再长大些，姥姥总是喜欢给我讲起她自己的故事
可我总觉得那时的时光是那样的漫长
而今天，当我再想跟她聊聊天的时候
我才真的明白，当年的姥姥就像现在的我
我们都是生活在回忆里了，不过不同的是

我再也没有跟她聊天的机会了

当那年国庆节，我以为不过是普通的告别
还是用我的脸蛋儿紧紧贴着姥姥的脸
"我走了啊，过年的时候带着小深深回来看您"
她却攥着我的手指头，怎么也不肯放
"又得好几个月才能看到我娃啦"
当姥姥真的去了那边的世界
我抱着姥姥的遗像，紧紧贴在胸口
我能清晰地听见她在说
"好娃子！该好好地孝顺你爸妈了"

当我生命的那个强力磁铁消失后
"亲"字变得暗淡，不再美丽
我却不舍记忆离我而去
梦，还能让我们再次相逢
只是醒来后泪水一次次湿了双眼

姥姥没和我讲过什么大道理
在那一代人中，她很普通
但在她身上，我却看到了勤劳，看到了善良
看到了坚韧，看到了承受，看到了无怨无悔

我曾经对她说
姥姥我想永远和你在一起
她，没有马上回答我
只是久久地拉着我的手
然后，默默地点了点头

姥姥走了一年了

我相信姥姥是活着的
一如既往地心疼爱护我
我一直把姥姥和我拍下的最后一张照片
封存在一个小小的像框里
放在我经常可以看到的地方
也是为了让她经常能看到我
经常地跟她说上一句
姥姥，我想你了！

2015 年 1 月 15 日

母　亲

　　皱纹在您脸上疯长
　　密密麻麻，刀刻一般
　　老茧在您手上磨出
　　粗糙干裂，沟壑纵横
　　岁月和风霜　狠心地
　　压弯您的身子
　　唯有您的目光
　　依然深情、温柔
　　照亮我的人生之路

2007 年 11 月 18 日

自从有了你

自从有了你
我又多了一个神圣而又富有温情的定义
成了你的父亲
感谢上苍对我的垂怜疼惜

自从有了你
你就成了我人生的延续
我的人生变得充实给力
满怀信心更有意义

自从有了你
我对未来充满了希冀
从未有过的激情
是你带给我生命最大的动力

自从有了你
和我息息相关的是你一举一动一言一行
一烦一怒一乐一喜
只因为我的眼里只有你

自从有了你

你的第一声啼哭我依然记起
从第一次会喊爸爸时天籁般的咿呀学语
到现在你悄悄告诉我家里发生的秘密

自从有了你
你的第一次翻身坐起爬行站立
都是爸爸呵护下最好的回忆
我的镜头里存满了你成长的点滴

自从有了你
你的第一次学走路小心仔细
害怕跌倒可爱的没出息
那跌倒后楚楚可怜的泪眼兮兮

自从有了你
你第一次自己吃饭弄得满脸汤汁和米粒
吃饱后你摸摸圆圆的肚子
带给我哭笑不得的亲昵

自从有了你
你对音乐有着天生的着迷
按开音乐鼓打开 ipad 只要儿歌一响起
你就手舞足蹈洋洋得意

自从有了你
我一读诗你专注的眼神就会盯起
诗词里有我对你最纯美的寄语
文学与你我变得更亲密

自从有了你
你的每一次哭泣令我百感交集
你的每一次生病让我担心不已
只能规劝自己对你的爱要更加精细

自从有了你
我有再多的烦恼只要看见你
你的笑容让我把不愉快忘记
那种温馨的感觉让我心灵静谧

自从有了你
我的愿望变得简单美丽
盼望你有一个健康体魄和健全心理
忠厚踏实和永不服输的勇气

自从有了你
我已经把我的内心交到你的掌心
而且要告诉你一个久远的秘密
到你做父亲的时候你会依然爱着下一个你

2014 年 6 月 18 日

你在我心里

你在我心里，像朵小茉莉。
顽皮可人爱，清香无人比。
花心春带雨，绿叶翠欲滴。
谁要想摘去，万万不能依。

你在我心里，像罐小蜂蜜。
甜嘴更甜心，幸福乐无比。
自从有了你，生活多情趣。
勿要不知福，暗自多珍惜。

你在我心里，静静像小溪。
轻轻拉我手，悄悄对我语。
爸爸我爱你，涓涓流爱意。
潺潺流不尽，源在我心里。

你在我心里，就像我知己。
彼此互对语，欢乐无边际。
你在我诗里，永远写下去。
天天盼着你，幸福又如意。

2015 年 6 月 18 日

母爱深深

孩提时
我是您手中的一尾纸鸢
我飞到白云
您的目光就追随到蓝天
那歪扭的小脚丫
总被您的大脚印满满装下
生出朵朵出尘的小莲花

长大后
我是您窗外的一只蝴蝶
寻着花香的方向
您总能找到我花痴的样子
您不说，不叫
看着我，总会露出欣慰的笑
那是我今生见过的最美的花

一声声叮咛
一次次呼唤
不是我想，也不是我愿
您就那样
在等待与守候里渐渐变老

满头的白发
是岁月留在您生命里的痕
是我们无法握住，流年给您的沧桑

未曾，说爱
您的目光，眷眷如水
如一叶小舟，悠悠
载着我们驶向每一个人生的路口
风里，雨里，霜里，雪里
未曾感到寒冷与炎热
那都是您，那都是您
始终如一的温度
为我们执一柄倦了也不肯收起的伞

您在灶膛前忙碌的身影
是我一生，看也看不够的风景
漫步，五月的街头
蔷薇爬满大街小巷
多像您无言的爱
馨香，淡雅，不热，不烈
浅浅呼吸
空气里全是您的味道

感谢上天对我的眷顾
今生，可以和您母子一场
无论春夏，不管秋冬
都能依着您的温度，缓缓生长
妈妈，我亲爱的母亲
谢谢您

总是让我放纵着，在您身边安然

我也爱了您很多年
早已经
依着您给的血脉，长成了您的样子
只是，今生最遗憾的
就是永远追不上
追不上，您远去的脚步啊
我该如何挽留
才可以，不让您有蹒跚的那一天

多希望时光
可以慢下来，再慢一些
让您停留在此刻，刚刚好的样子
如果可以，预支二十年的时光
那么我愿，用我预支的二十年
来偿还您，我永生无法报答的恩情

2013 年 6 月 20 日

家

家是温馨的港湾
容纳漂泊的灵魂
家是如伞的大树
遮挡酷夏的骄阳
家是清凉的雨丝
拂去疲惫的征尘
家是永远的牵挂
珍藏幸福的存根

2017 年 6 月 19 日

离愁别绪的萦绕

在乎有缘相识的每一个人
也珍惜身边的每一份感情
我会至诚至真地对待生命中出现的每一个人
也渴望相识无陌然
那些形如过客的人与事物
还是依旧演绎着种种离愁别绪的故事
不曾改变

蓦然回首
谁让瞬间像永远？
谁让此刻像从前？
谁让回忆染风霜？
谁让过往泣薄凉？

夜阑静
暮云收
执笔诉怀更与谁人说？
夜深，一纸忧伤于笔尖萦绕……

2015 年 7 月 16 日

守住岁月的情

在花开陌上时
守住岁月的沉香
安妥一颗安恬的心
在时光的彼岸
且听风吟，且欢且歌

将岁月的诗意
将时光的情愫
渗入文字的韵脚里
悠然书写人生
自持清淡
绽放生命旅途中最从容的姿态

将日子过成诗
将岁月谱成歌
荡起生命之舟
扬起希望之帆
以笔为桨，以心为灯
驶入生命的幽幽谷
烟波澹澹处

情感的浓度

且听细细风
且赏皎皎月
且付悠悠情

2015 年 8 月 25 日

时间都去哪儿了

每一天，都很美
只因心藏一份美好
那些细细碎碎、密密麻麻的感动
都是岁月赠予我们不可复制的回忆
静好而温馨，感慨而动心

每一天，都很美
只因心存一份善念
那些匆匆走过心间的人或事
都是流年为我们留下的印记
一半忧伤，一半明媚

每一天，都很美
只因懂得珍惜
那些无论是留下还是离开的
都是漫漫旅途最珍贵的相伴
你来过，我记得，你想走，我不弃

每一天，都很美
只因我们都是感性的人
那些我们一起写下的诗行

都是经年以后最珍贵的记忆
毕竟，我们一起珍惜并相惜

感动的瞬间
总有泪，濡湿了衣袂
不要问，时间都去哪儿了
我们那些一起安静走过的时光
便是最完美的答案

落一笔感动，许一份珍重
陌上的时光，一直很美很美
若懂得，若心仪
我们不说永远，不问缘聚缘散
依旧，安静相伴，且行且惜

2015 年 9 月 1 日

温柔的守候

岁月无言
时光不语
若可以，安静地守候
守候那些时光之城里的温暖
和那些深情而馨香的眷恋
许我用一生的时光去深深珍藏

茫茫尘世
滚滚红尘
或许，昨日
只是你路过的幸福
无尽的爱
终会在时光的无言中安静地修行

情意，因真诚而长久，因懂得而温暖
相伴和相守不为永远，只为心中
那年，那月，那日
那一场温柔的相伴与守候

2017 年 9 月 5 日

心　里

当雁鸣击破长空
当芦花遍地飞扬
当荷香溢满池塘
金秋九月
空中却弥漫着馥郁的桃李芬芳
那是一种幸福
在老师目光里静静流淌

小时候
你在我心目中最美丽
因为我触摸到了
你美的灵魂与美的外表
自然地相融
那是世上最完善的美
不倾城，不倾国
你却倾尽所有去爱

每一个温暖都让人感动
每一次关心都让人铭记
你用平凡的心
雕琢了一个个不平凡的人生

一支粉笔，怎会如此神奇？
大大的"人"字
将我的腰身正直
一撇一捺都是真善美的传奇

那时起
我带着美丽的梦想
坐上了你用滴滴心血
打造的船上
开始了寻梦的远航
而你，却伏在码头上凭栏遥望
那一刻，你把美丽定格为永恒

有一种目光，从未离开
有一种守护，永记归途
你用无私的爱为我扬帆
我用你给我的智慧乘风破浪
因为一份信念，成就一份执着
因为一份执着，实现一个梦想

不想讴歌你
因为你一直在我心里
只想唱给你
那首永不褪色的歌曲
静静的深夜，当群星在闪耀
那明亮的星光
依然照耀在我的心里

2017 年 9 月 10 日

最美的馨香

走进中国最美丽的乡村
我在沉思和凝望
好像找到了那个失散多年的渡口

丰收喜悦的季节
落满一地馨香
记忆深处，我也曾亲吻着田地浅笑盈盈
拥抱着大地和那一抹晴空的蔚蓝

缓缓的时光
美丽的农村
可爱的农民
亲爱的土地
无言，且暖
微笑，且亲

我想将指间的岁月
镌刻成一卷卷无尘的文字
只为时常想起
可以依着阳光的气息
再次品读

还好，韶华未尽，锦瑟成花
不经意的遇见与擦肩
又让我看见最美的风景
最初的模样
最亲的笑容……

随意写下的字句
没有平仄
透着我内心的这份感动
慢慢浓郁成芬芳而诗意的温情
永远，永远，永远……

2017 年 10 月 6 日

时光的修行

停一处静寂
守一怀安宁
我听到法桐深处的私语
国庆这个秋
有些思念
有些温暖
有些喜欢
有些感叹

与岁月无关
与感怀有染
闲时，于秋雨落处
轻敲键盘
捡一片树叶
拿在手里看着
看着它舒展的模样
如观一场生命的轮回

叶茂叶落，不管聚散有多久
根在，便是久远
月缺月圆，无须问天涯有多远

心在，便是温暖

低头，捡拾一缕岁月的从容
轻抚淡淡的叶香
在又一季的秋风里染尽了流年的晨钟暮鼓
茫茫人海
相逢是缘
我们在平淡中邂逅
又在重逢后离别

这个秋天
落霞与孤鹜齐飞
秋水共长天一色
唯愿
一路温暖着
一路眷念着
一路守候着
不言不语
以最近的距离感知彼此
尔后，嗅着缕缕岁月的醇香
与时光一同修行

2017 年 10 月 7 日

一叶知秋

一叶知秋，依旧如水静静流淌

一叶知秋，寂静安然落满花香

一叶知秋，研成一池秋色浅蓦

一叶知秋，尝尽多少情怀牵挂

一叶知秋，经过几多缠绵悱恻

一叶知秋，心已无意荣枯得失

一叶知秋，岁月荏苒往事蹉跎

一叶知秋，浮沉聚散感知日月

一叶知秋，既是清淡亦是丰满

一叶知秋，秋知一叶知叶一秋

2017 年 10 月 9 日

岁　月

日仄的心
念晨曦朝霞
岁月消尽琼香
徒余苍黄
鸟衔春色
填补梦的空白

岁月匆忙
昼夜交替
诉说红尘
句句行行的诗句
墨色染尽的烟雨
闭上苦劳的眼儿
放下负重的身躯

岁月过往
油伞撑起
一路寻觅
思想羽翼
轻盈朦胧
听小雨悄悄下

看芳草青青依
走幽幽曲径路
品客醉漫思茶

岁月很短
短得心颤
只剩留恋
在时光寂静处
在遥远的天边
在弥漫成漫天缠绵的烟雨深处

岁月旅程
能否慈善
多待一秒
算是恩典

岁月永恒
留下轻轻挥洒着的
水墨丹青
留下情深深雨蒙蒙
多少缱绻烟雨中

2018 年 2 月 10 日

时　　光

泡一壶岁月不老
斟一盏
芳茗清茶
品啜
昔日的情话

茶香送来阵阵清香
寻找过往
青春蹉跎
让往事在杯中荡漾
追赶那炙热的思遐

云借梨花三分白
输我一段情
悠悠
在杯中听霞
任韶光开闸

需要多少相思
才会染得碧水如痴
经历多少忧心

才能煮得玉壶生香
愁思满颊

时光是含泪的风沙
有多少爱
会散落天涯
落在杯中
如霞
慢慢饮下

2018 年 2 月 23 日

光

院里的风儿
悄悄溜进了小窗
嘘！
伏案倾听
这孤单的旋律
还有灯光下
爱你如初的身影

2018 年 3 月 4 日

今夜无眠

夜无声

人难眠

情缠绵

窗外的月亮

悄悄爬上我的脸

笑问我

今夜为谁不眠

我回答

窗外星星依然挂满天

颗颗点缀在我的桌前

键盘敲击着深情的诗篇

我在经历淡薄而深厚的修炼

我想借助星河还有蓝天

释放我对事业无限的爱恋

还有舍不得的情缘

2018 年 3 月 10 日

春的情怀

阳光正好
笑对春风
铺一笺桃红
藏一份情缘
让相濡以沫
沉淀成今生
最幸福的篇章
有等待
有心动
有守候
有静美
一切
那么美
有多少心甘
就有多少情怀

2018 年 3 月 25 日

纯真不再染尘

向晚的风里

耳边童音缭绕

车轮吱吱响响

很喜欢

在黄昏斜阳下

褪去忙碌于白天的铅华

放下手中嘈杂

换上布衣蓝衫

我拉着你们寻找欢乐

你们陪着我享受时光

幸福静好

只要心存美好

时光便可不老

静候碧水蓝天

遥望岁月深长

不再染尘

……

2018 年 3 月 26 日

泰达的春暖

携一颗初心
相守朝夕
五月打开的门扉
迎面而来的
不仅有花的淡香
还有燕的软语
不仅有守的庄严
还有情的温柔
看，泰达你好
平铺一地的诗情画意
看，泰达你好
在这最美的日夜交替
唯愿年年有此季
岁岁有此景
邂逅
一缕晚霞
一米阳光
一座城堡
一线情缘
于你，于我
已足够让爱
纤尘不染

2018 年 3 月 28 日

蓝色的弦

静谧时光
缓缓流淌
蓝色的音符滑过林梢
飘跃天空

流水潺潺
空气中蓝色氤氲
水中倒影
映着一波蓝色的梦幻

芙蓉银杏
弹拨蓝色烟波中的弦
风儿轻轻
叶儿在枝丫低吟

生命的跳跃
涌向天际
扶摇直上
晨星指引

我心深沉

我心扬升
我心缭绕
我心深爱

2018 年 6 月 10 日

与月相伴

我庆幸
在我的人生路上
在我的精神世界中
始终有月相伴
可有谁去思量
与月相伴所历经的沧海桑田
有谁能真正承受
与月相伴所承受的千锤百炼
又有谁能真正咽下
与千锤百炼相伴的苦辣酸甜

2018 年 6 月 15 日

亲人你在哪里

逝去的亲人
去了哪里
你化作了风
变得悄无声息
还是沉入了海底
无论去了哪里
在记忆深处
无意之间
会泛起涟漪

2018 年 8 月 25 日

寻找一盏灯

一盏递过来的灯
就像是一束迷人的希望
黑暗之中
当月光和星星隐匿
无端的想象中
唯有一盏灯
可带来永恒的光亮

在灵魂的田野里踽踽独行
我要告诉你
一切明亮的东西都是心之向往
那是一丝弥足珍贵的温馨
一种激情与奋发向上的力量
包括大树、花朵、星星……
都有期待的徜徉

寻找一盏灯
这是我所信仰的
追寻和膜拜的
理想的光芒

当暗夜逝去
照耀天空和大地的
必将是耀眼夺目的阳光

2018 年 12 月 6 日

星星　灯

天上的星星落了
落成了地上的灯
地上的灯亮了
亮成了天上的星

灯是流动的星
星是闪烁的灯
云烟里穿行
清辉中晶莹

煮一壶星光
点一盏心灯
我或许是一颗星
或许是一盏灯

2018 年 12 月 14 日

酒 "香"

酒香
又一次飘进
我的梦中

鼾声
又一次穿过
我的惆怅

梦里
没有再尝到
酒的暖凉

酒中
没有再品出
梦的希望

2019 年 1 月 6 日

英雄，走了

——献给凉山救火英雄

我不知道怎么去诉说
我已眼含热泪
哽咽不止
我年轻的孩子
我风华正茂的孩子
我中华大地上英雄的孩子

这火魔
这火魔带走的不是一个个鲜活的生命
它带走的是二十七位母亲的心啊
孩子
祖国不想哭
母亲不想哭

我祖国的孩子
我英雄的孩子
走好
母亲不会忘记
祖国不会忘记

英雄，走了
走得就这么匆匆
还没来得及
孝敬白发苍苍的年迈母亲
还没来得及
给盼你回家的娇妻一个深情拥抱
还没来得及
给年幼儿女说几句叮嘱的话语

你就走了
依依不舍地走了
走得这么匆忙
乌云哭泣地滴落下来
把自己盖在英雄身上
让疲惫不堪的英雄
睡得安然

2019 年 4 月 5 日

今夜有梦

今夜
让我追着梦想入梦
让梦的故事
渗透在身体的每一个脉络
让梦想的力量给予我所有的渴望

今夜
让梦里落满星星
让星星落满我的眼睛
让过往所有的追寻滑进我的世界
轻轻抚摸每一根心弦
连同多年来不息的回忆
和依恋

然后被春风拂醒
轻柔地
带着呢喃地
宛如亲人一般地
拂醒

2019 年 4 月 24 日

思想的天空

——献给教师节

如果不是那自豪的称号
怎么会有今天
幸福的笑脸
如期绽放

如果不是那辛勤的浇灌
怎么会有今天
累累的硕果
挂满枝头

如果不是那坚定的信仰
怎么会有今天
满园的桃李
秋实芬芳

思想的天空
描绘的
尽管是收获的金色
却写满了园丁的风尘

思想的天空
奔涌的
尽管是热血的青春
却闪烁着教师的荣光

天空中的飞雁
鸣叫着求知者的声音
我们一同仰望
思想的天空里每一朵白云

稻谷满园
飘洒着开垦者的执着
我们一同耕耘
书写着风雨兼程

我们知道
我们就是一团不灭的火
和思想的天空
一起燃烧

因为一份执着
所以固守着寂寞
因为追求真理
所以傍依着清贫

就这样
我们努力地追寻着
在思想的天空下
从过去，到现在

从不奢望
景仰的目光

我们明白
我们留恋的
是那匠心守望初心的坚守
和那水滴石穿业精不舍

我们明白
我们期待的
在思想的天空里
一次又一次孕育着桃李芬芳

2020 年 9 月 10 日

梦　　想

梦想是什么
梦想是搅得你半夜无法入睡的感情
梦想是把热血汗泪尽情挥洒的激情
梦想是你遇到困难不曾放弃的热情
梦想是让你感到坚持即幸福的豪情
梦想是让你觉得自己还年轻的痴情

2021 年 8 月 5 日

致 青 春

童年时候
青春是歌谣中的星星和月亮
遥远而亲切

少年时候
青春是不远处树枝上的石榴
沉甸甸地包裹着五光十色的渴望

青年时候
青春是天边那片七彩的云霞
想揽它入怀却在不经意间慢慢飘远

中年时候
青春是醒酒器中昨夜的红酒
想要轻啖一口时已温润醇厚

老年时候
青春是身后那座大山
回头望望大山已经巍峨耸立

2021 年 11 月 18 日

第一声祝福

第一声祝福
是一颗蠢蠢欲动的草籽
发出的声音，比泥土还低
仿佛一枚动词
满载饱胀又浓缩成记忆
一种新生的气息
那么浓郁

第一声祝福
是春风摇动的小草
点头，招手，抑或微笑
都带着绿色的暖意
草叶上
那粒楚楚动人的话语
是我为你高举的透明的诗句

第一声祝福
会让小草触动你的心绪
从梦里苏醒
变为最成熟的那一粒
把一路的酸甜苦辣

融入生命的坚毅
在沉默中讲述生命的传奇

第一声祝福很小
宛如尖尖的一芽在瓦砾里
仿佛柔弱的身体在石崖间的罅隙里
很容易被忽略
又容易被遗弃
但是装进豪情万丈的杯盏里
也是滋心润肺的那一滴

第一声祝福很大
当你静下心来
就会被整个春天一点点抱紧
倾听着整个世界的声音
慢慢渗入泥土融入根系
生命的触角会伸向你心里
那一刻也会欣欣向荣
蓬勃成一片生机

2022 年 1 月 1 日

返回时光来看你

一封信在柜子里睡着了
姿势还是二十三年前的样子
至今还没醒来
我不敢把它叫醒
怕发黄的时间追着我问你的去向

那年，我把自己的梦想种在一封信里
那些从内心深处爬上信纸的黑色动词
还来不及发芽
就风干了

当弯曲的路径收起时光
目光从捏断的记忆中活了过来
丢掉了一些记忆
但没有丢掉爱
丢掉了一些伤感
但没有丢掉未来

打湿的心事被再次卷进潮汐
行行文字被犹豫清洗过
总有一种方式可以接近你

比如无中生有的想象

像现在
从眼睛流出的泉水
没有人知道
它从哪里来
要到哪里去

夜空不空
被风关上的窗台
剩一盏灯将内容烘热
窗外
听不见有谁
提及谁

2023 年 4 月 10 日

接　　纳

水寓于天地间
大地承载相聚
与日月而映照
深情宽厚绵亘

海水中的叶子在欲望中飘过蓝天
仿佛行吟的歌声悠悠远逝
那些因浮华的尘世而倦怠的人
举着透彻的火炬
在生命的驿站寻找最初的心灵家园

因为孤独和寂寞而接纳流浪
因为泪水或幸福而接纳痛苦
因为艰辛与苍凉而接纳沧桑
因为命运的多舛而接纳新生

一切的来自四面八方的有声的和无声的迎迓
仿佛只为同一种归途而歌唱
于是，我们看见众多的力量和阳光汇聚
洞穿阴暗的面纱和丑陋的假面

或者因为选择
任何一种走向都显现必然的昭示
在且近且远的痛楚或欢乐中
在且行且惜的跋涉和固守中
你接纳了时间对你的默默佐证

世间最深的脚步
只能在大地上坚韧地凸现
我们听见骨骼穿透石头
散发出源流一样的力度之声
生命因为自由的空气和对本能的挑战
而呈现自然中最复杂的景观
思想因为现实的犁和岁月的洗礼
而成为精神家园中最美的翱翔
而时间接纳一切又被一切接纳
内涵中的每一枚花朵
因为外延的深远
而让所有的空白之境注满芬芳的光芒

2023 年 4 月 16 日

被岁月品读

太阳初升的时候
我们正在被岁月品读
岁月看了我们一眼
再也没有将我们忘记
我们记住了晨光
却忘记了过往

黑夜与白天交接
各自转身后
我们背对着晨曦行走
走得越来越远
路过弥漫的花香萌芽或者蓬勃
挽住艳羡的目光缺憾或者圆满
我们仍然想象前方恍惚出现的营养
光彩比朴素有着更加夺目的吸引
让我们忽略了脚上的鞋子合不合脚
忘记了身上的祝福亦真亦假

我们在期待中接过了万丈红尘的喧嚷
我们在中途找到总也不能满意的声响
抹平思绪里深深浅浅的沟壑
总在没有休息的睡眠中我们留下了梦

追逐各种不可思议的奇妙包装
我们想要藏进笑着的建筑里远离山峰
就像那些长满刺的姹紫嫣红的玫瑰
明亮被一层一层地剥落

带着阴暗与光明的分界线
带着脚下沾染太多的污泥
带着顽强接收信息的大脑
带着坏与好真与假的挣扎
带着烧掉虚妄加身的欲念
带着卑微之光点燃的黑暗

心情的层峦叠嶂
情感的万壑千岩
被紧密的软体组织谨慎地围困
我们有了喜欢飞翔但是没能飞翔的那双翅膀

青春的草叶上曾经分泌了各种真情真挚的浆液
变成了黑暗无法打开的器官横冲直撞地生长
装下心脏的那些枝干里
在寂寞的空气中孤身一闪
接过了无始无终的日月星辰
顽强地奔向了尘世的风和雨

骨骼上面的语言
反噬为有没有中毒的迹象
皱纹让我们垂下了眼帘
把粗糙和精致留在了沿途

思考让我们清洗着头脑
把灿烂和炙热留在了角落
这时候，我们发现了岁月
还有那些我们无暇顾及悄悄变化的规则
已经结束，一去不返

2023 年 4 月 19 日

望 天 空

夜晚亮堂了
目光划伤了云彩
天空就变得支离破碎
还有众多的飞翔等待拯救
它们的翅膀落下来
落到近乎接近了地面
仿佛靠惯性又弹起老高

风里裹着花香
花香里传播着辽阔
辽阔间潜藏着灵魂
灵魂却难以驾驭时间的走向
慢慢碎，慢慢挣扎
忍着疼痛和孤独

还是把目光抬高吧
天空里一定会有自己想要的东西
比如阳光
比如白云
比如羽翼
比如点燃

甚至突如其来的暴雨

靠近夜
黑在奔跑
再坚持一下
再坚持就是脱胎换骨了
像完成一次新生

2023 年 5 月 12 日

风，请你随意吹

我的身体，原本厚重
而现在似乎变得单薄
我被风吹得已不是原来的样子
风随心所欲吹乱了我的头发
风无拘无束洞穿了我的身体
还有我的思想和我的灵魂

风，你随意吹
无论欣赏，还是揶揄
无论神伤，还是歇脚
我没有设防，也从不阻拦
你可以把宁静的草地
吹成相遇的油画
你可以把萨克斯的余音
吹响依旧回荡的笛韵
你可以把无限的温情
吹出一片撩人情怀的景致
把自由、阳光、简单的幸福到处挥洒

我也想变成一丝风中的风
自由自在伴着晨曦中的曙光

勾勒阳光下最初的追逐
让这晶莹的露珠把这柔情四溢的诺言
表达得淋漓尽致

我也想变成清新雅致的风
伴着青鸟轻盈幻影的无声呼唤
描绘天空更好的风景
抖动光阴变得如此美轮美奂
在熟悉与陌生中把希冀小心珍藏

我也想变成静默柔情的风
潺潺流淌的湖水无语
咀嚼青草的喜鹊无语
踏青而来的青春无语
席坐于湛蓝的天空下
如绸带般缓缓地从远方飘来
尽情地吹遍，让我起伏，让我飘逸

风，带我走进一个奇特的时光隧道
是否能找到十六年前来这里的那个青年
枕戈待旦星夜兼程的那个青年
满腔热忱激情满怀的那个青年
当年的此岸已经变为彼岸
迈向彼岸的脚步也越发显得沉重
而彼岸驿动的心仿佛越来越瘦
还有那渐行渐远的美好记忆
被风吹落下的眼泪
无声地打湿柔弱地站在岸边的这个中年

131

此刻风吹过耳畔
照彻心灵的温度
在意料之中四处寻找
不见人召唤
干扰着清淡的思绪
被漫无边际的色彩渲染
像在追忆着什么
又像在找寻着什么
阵阵涌动的倒影之中
风随意吹起湖面无法诉说的涟漪

2023 年 4 月 29 日

一根白发

它是由黑色变成白色的
它是不经意间变成白色的
它是安静与平和的
它静静地从我的头上变白
它悄悄地从我的头上滑落
它悄悄落于我不再滑嫩的手上

好像不足一毫克的分量
一下子有了千斤的重担
我不堪重负的手臂沉了一下
我的心也随之紧了一下

它闪着银色的光芒
也许是见证，但却银得精致
它的全部，仿佛将岁月的痕迹
使命般地传递
它把时光沉淀的历史书
翻到了最后
世界，自然，岁月，人生
没有目的的轮回，互动生命的轮回

我把它小心地放在手心里
看着它，摸着它，嗅了它
它是不是那个曾经脆弱的
正在慢慢消失的我呢

对着今晚穿越雨滴的光亮
我想看到它被水捞出干净的灵魂
我想听到它隐含灿烂诉说的故事
我想触摸到它留下遗憾后的重生
我到底想知道一根白发真正的旅程
和它承载的梦想
离得远不远

它也应该有自己的心事
它也有自己忧郁的情思
一点一点地，周折奔波地
无法长久驻留地
浸润在发丝上
为了偏执的信念而着色
怀抱一生的不舍代替我
有了先于我本身的衰老

在阳光与温暖的交错中
在记挂与情感的萦绕下
痛与伤，爱与恨
试图从拆散的团聚中寻找重来的证据
依旧依附着延续着回归本真

一根白发

从我的头上掉落
它其实就是脱离了我的生命
成了过去的，失去的，找不回来的曾经
好与坏不好评说
但是至少它又可以脱胎重生
成为自己生命的主体

而我所渴望的
可否将我的背影还给我
还有那无数次无限靠近的梦想还给我
如果可以的话
甚至我宁愿放纵自己舍弃自己
拥有这满头白丝

2023 年 4 月 29 日

向海出发

满眼的蓝色
请从海洋的心脏出发
寻找自然与艺术的密码
怀抱静美和安逸的浪花
日升日落的晨曦与晚霞
都是为了在心灵的下一站让灵魂抵达
和你一起对话

满海的雀跃
请从渤海湾的驿站出发
海鸟起起落落光影移动着秀发
鱼嘴一张一合满海波光如繁花
风与光在这里相遇
星罗密布的芦苇牵着手请你回家
同你一起说话

逐鹿的酣畅
请从碧波的滨海港湾出发
辽阔的水域何尝不是一帧梦华
热情的浪沙何尝不曾编译密码

飞翔的吉祥鸟和跳跃的鱼虾
正在轻轻地诉说芳草天涯
与你一起童话

2023 年 4 月 22 日

感悟的深度

月　牙

一叶扁舟
在夜空的海里
缓缓航行
那闪闪的星斗
可是一盏盏亮着的
引航灯

2015 年 8 月 5 日

趣　　影

太阳
一个活泼开朗的小伙
从明净的天上
扑进水塘里洗澡

垂柳
是位多情善感的姑娘
围着太阳跳起
迷人绚丽的舞蹈……

2015 年 8 月 8 日

夜　景

混浊的眼望窗外
夜朦朦
抹黑了眼睛
我索性关了吊灯
却看清了
迷人的夜景

2015 年 8 月 10 日

我爸就是你爸

——写给 8·12 救火的消防战士

刚子走啦
我的眼泪还来不及擦
马上要同抢险队再次出发
为了那片庄严而美丽的橄榄绿
有可能再也回不了家

我要用我的肝胆和铁骨
抢占分秒，喷灭火苗
兄弟，咱哥俩对个话
我家里还有牵挂
我爸就是你爸

2015 年 8 月 15 日

七个标点记录三十个夜

——8·12我们不会忘记

指针在转动，时间在流逝
请在天堂的你们相信
我们不会忘记
也请为我们加油
鼓励我们继续勇敢前行

"。"
爆炸的晚上时钟被定格
上百条鲜活的生命画上"。"
165人遇难
多希望这个数字也能停止不再变化

"《》"
一篇《牺牲》的横空出世
再一次刺痛了我们的神经
无比平静的文字
却传达出最震撼的力量

"……"
医护、志愿者、老兵、环卫、抢险队……

当然，在聚光灯后
还有，带伤救治伤员的医生
还有，站好最后一班岗的老兵
还有更多……背后的人们
在默默地贡献着力量

"；"
第一时间开展灾民心理疏导
进行事故点空气和水污染检测
对核心区积水抽排
居民安置赔偿和房屋回购政策出台
爆炸核心区生态公园规划公布……
各项灾后重建工作有条不紊地进行着

"，"
一个月过去了
爆炸没有给这座城市画上句号
生活在短暂的停顿后还要继续前行
让我们用行动一起
为泰达加油！为滨海加油！

"？"
在擦干眼泪，抚平伤痛的同时
太多"？"在心中涌现
国务院事故调查组火线成立
14人已被问责，调查还在进行
请相信，疑问不会延续太久

"！"

痛定思痛
绝不能让悲剧重演
重新规划危化品存放区
始终在心里多打几个 "!"
将安全牢记于心

2015 年 9 月 12 日

鹅　　吻

我不知道我的明天是什么
我只知道我现在还在
以我的美丽
给你我最后一次吻

告诉你我的爱
也许我不再有明天
但是我现在仍然是美丽的
我的美丽让我有尊严地走完我剩下的路
别了！我的爱人

2016 年 2 月 15 日

@所有人

这一年被很多人@
在群里他们都是好友
比朋友还好的才是好友
可是我们并不熟悉
那没什么，有@已经足够

这一年也总是被"@所有人"
在群里他们是群主是老大
他们可以把你拉进来当成朋友
他们也可以把你踢出去变成不受欢迎的人
那没什么，很多时候大家彼此都毫无悔意

这一年也常常@所有人
当意识到自己可以发公告可以立群规
可以在群里指手画脚振臂一呼时
才觉得很多陌生人能互相@已经不错
凭什么就觉得别人都应该如你一样呢

@所有人其实就是爱所有人
说出口时没有不好意思
他们来自身边来自远方来自互相扫码的 N 种机缘

不像朋友总是出现在饭局上
用酒就可以释放出很多

其实我们告别一年的机会并不多
无非是虚度韶华
无非是依依不舍
无非是撕了日历，增加了一岁
幸好，还有@
我们可以@所有人
@自己想@的人
这个姿势足够倾国倾城
足够强大到让每一个碎片都闪闪发光
仿佛谁也再不用担心孤独为何物

2016 年 3 月 25 日

大　海

心中有一片海
它藏有我多年前心底小小的暖
和春天里第一声水流
渐渐茂盛的歌唱
喧嚣声远，抱紧明媚

在最汹涌最宽阔处欢呼雀跃
这儿有静，有蓝
还有过往的岁月
把自己淘洗之后的海阔天空
当你回眸
我必是其中一滴
——至真，至纯，至美

2016 年 5 月 28 日

放　下

我的生命
是与世无争的水
自然，澄澈
拥有无数个远方

像鱼一样深入
生命的意义，浩浩而来，又汤汤而去
北方以北，我爱这水中倒映的影像
我爱这灵魂的高地上
磊落安居，纯粹，生生不息

所有的尘世奔忙
不过是哭一场，笑一场
愿在这一刻放下
酒杯、欲望、纠结、前程

2017 年 6 月 4 日

海　岸

是诗歌出没的地方
一弯月，在水中沉吟，摇晃
礁石，晚风，海岸
一曲似曾相识的天籁
是谁的前世？

闭上眼，涛声无边无际
亘古宁静，亘古澎湃
和天地一起青春
一起慢慢变老
一起提着爱的灯盏
在喜怒哀乐里狂奔
尘世和波涛在我脚下
栖居，听海

2017 年 6 月 15 日

遇见离开

人生像坐火车一样
过去的景色那样美
让你流连不舍
可是你总是需要前进
会离开

然后你告诉自己
没关系
我以后一定还会再来看

可其实，往往你再也不会回去
流逝的时间
退后的风景
邂逅的人
终究是渐行渐远

遇见是两个人的事
离开却是一个人的决定
遇见是一个开始
离开却是为了遇见下一个离开

这是一个流行离开的世界
但是我们都不擅长告别
很多人走的时候
连一句再见都来不及说
即使如此，仍旧感激
此生有机会遇见你

2017 年 7 月 1 日

书的厚度

我想要的不是很多
一盏茶，一本书
一院开得刚刚好的朝颜就可

若，偶有清风至
或者，偶有飞鸟来
我便微笑着迎接
洒一些浅茶
喂一些粟米
也便不算辜负这日月光华

守着日月
或许，时光会拉长了一些等待的距离
心中有景，处处繁花
心中有念，时时安暖
且让我平淡的烟火
就这样平淡着
且让我走过的流年
依旧不语着
而我依旧如初娴静

独坐在静怡的时光里
闲来，为自己泡上一壶早春的新芽
一本书，一支笔，一砚墨
从日出到月落
浅读慢写，浅饮细酌
直到，把一本书
从缘浅，读到情深，读到唏嘘
把一行诗
由浅韵，写到浓韵，写到无韵
把一个故事
从青梅竹马
写到锦瑟年华
从柴米油盐
写到耄耋老去

2017 年 7 月 6 日

一路向上

人生这条路
躺着最舒服
而上坡路，会让你
辛苦、心累、艰难、费劲，甚至是崩溃

但是突破了艰难
你就能到达更高的海拔
就像是喝完苦涩的中药后
命运会送给你一颗冰糖

每个人都有自己的惰性
要时常给自己加压
要经常推着石头上山
虽然是一路流汗，身心疲惫，脚也发酸
但是这样才能激发出潜能和你无法预知的超能力

这种挖掘当然是更痛苦的过程
犹如破茧成蝶
如果放弃这个过程
那就是顺遂安逸
意味着虚度光阴、得过且过、碌碌无为

终究毫无作为
毕竟所有艰难险阻
都是为了淘汰弱者
仅此而已……

2017 年 7 月 14 日

一路成长

时光，像个说书的老人
一路说着过去
一路憧憬着未来

轻轻，推开那扇流年的大门
便有姹紫嫣红的往事
带着一股陈旧的芳香
迎面而来

这是繁华过尽的尘埃落定
这是鲜衣怒马之后的清简素雅
洗尽铅华后
一路陪伴，眸里眸外
可以慢慢写，慢慢读，慢慢爱……

2017 年 7 月 25 日

阳光般的行走

红尘陌上
每个人都用自己的脚步丈量着前路
都以一颗不得不坚强的赤子之心
感悟着生之不易
都以不能不咬紧牙关
挺直脊梁的姿态扛起生命之重

若不是苦尽
哪来的甘甜
若不是历尽沧桑
哪来的云淡风轻
若不是跋山涉水
哪来的柳暗花明
若不是行到水穷处
哪来的坐看云起时

人活一世
要以阳光般的心态炽热而深情
以大树般的姿态挺拔而巍然
以清泉般的心灵澄澈而洁净无争

2017 年 7 月 26 日

友谊之花

情满天涯
如云，如霞
谊飘万里
是叶，是花
津城里
叶展千姿
花开年华
津娃露出了笑脸
期待来我家

碧空上
云绕蓝天
鹤舞青纱
津娃张开了双臂
欢迎到我家

这里是友谊的萌发
这里是美好的幻化
带走了一份情
留下了一幅画

2017 年 7 月 28 日

镜中挽月

月，又半弯
念，缺了又圆
远方
是一程水，又连一程山
绵绵，又激滟

风，清清又凉凉
池塘，荷香轻漫
指尖勾勒的山川
满了经年铺好的萱

人生
一程水，一程山
世事如风，红尘若梦
甘愿用刹那芳华
换取平静的因缘

拢一缕月色的阑珊
放逐一池染了荷色的念
无须相拥，不必情浓
悄悄落下的从前
是情深，是情缘，是情牵

2017 年 8 月 5 日

到延安去

爷爷他曾经到延安去
走过了长征两万五千里
扛的是步枪吃的是小米
煤油灯点燃了燎原的火炬
到延安去，到延安去
老锄头开辟出了新天地
到延安去，到延安去
纺线车摇出了东方的晨曦

爸爸他曾经到延安去
寻找那岁月人生的真谛
沟畔畔里行来山洼洼上憩
汗珠珠渗透了脚下的黄土地
到延安去，到延安去
树高千丈立根须在泥土里
到延安去，到延安去
千磨万击还坚劲任尔风雨

今天我也到延安去
沿着那先辈走过的足迹
一串串脚印一座座丰碑
美好生活来之不易我辈要珍惜

到延安去，到延安去
沐浴着延安精神的光辉
到延安去，到延安去
我的中国我的梦从此腾飞

2017 年 8 月 14 日

寻找山的星火

无边的葱茏
不尽地绵延
召唤着我
寻找昨天
燎原的星火

黄洋界的炮声
早已消失
松柏的清香
染透每一个哨所
山山岭岭写满亲切
阳光飘逸着祥和

唯有那五指峰
高耸云端
依然众岳成戟
山岚如当年硝烟
一阵阵飘拂

竹音是那多情的歌手
在林中不停地唱着

舒缓或者激昂
是为过往
还是提示着今朝

2017 年 9 月 19 日

心诠释　心生活

生活不易，我已竭尽全力。
人生实苦，我有足够勇气。
世道喧嚣，我不计较名利。
从容应对，我不违心刻意。
亲切问候，我将永远记忆。
温暖相伴，我会珍惜赐予。
病痛困苦，我都不辍用笔。
酸甜苦辣，我皆坚持寻觅。
坎坷泥泞，我要笑对风雨。
感谢磨砺，我能经受洗礼。
八天八夜，我想铭记心底。
初心不改，我仍选择努力！

2018 年 2 月 9 日

几　点

人生
需要变得闪闪发光
就必须
熬过一个又一个
黑夜浸透的星星点点

黑夜
是白天的灵魂
此刻
是未来的起点

时光
把每一个片刻串联
汇聚成
生命的光点

我选择
在这一刻坚守
用爱
将光明驻入我心
迎接朝阳升起的清晨七点

2018 年 3 月 29 日

画　师

我要把
今天灰色的云
涂成明天洁白的颜色
我要用这
纯洁的色彩
涂满世界的每个角落
面朝纯洁
面朝你

2018 年 4 月 23 日

"黑　暗"

在夜间，我背负黑暗疾走
如一只小鸟飞翔
眺望它的巢

此时，我好像走离一个自己
或者说另一个我出走
我的寻觅
也是另一个人的寻觅

黑暗，很重，我背负它
它的重量耗尽我的心血
黑暗，也很温馨，让我困守其中
像个囚禁的人，保守激情的秘密
我用我的坚守，热烈地爱着它

我沉入黑暗之中
这种滋味，神秘
近乎可怕的幸福
使我心满意足

我面对一张干净的白纸

努力寻找解释
并孤零零地认为
这种感觉是对平凡世界的最佳解读

我经历的黑暗
也记载着隐秘的脚印
和陪伴我从小长大
以至于未来继续要走出的脚印

我愿意静坐在黑暗里
让岁月继续沉寂
静坐在持久的黑暗里
爱着这尘世的另一种光明

2018 年 5 月 23 日

灯 亮 着

午夜
办公楼的一盏灯亮着
庭院里的一盏灯亮着
办公楼的一盏灯心跳加快
庭院里的一盏灯陪伴守护

生命的灯
在此刻不停地闪烁
我猜想
有一台电脑在此刻亮着
有一台打印机亮着
有一双眼睛亮着

这午夜的灯
让世界听到诗意的回答
这亮着的光
让夜漂洗得宁静
淹没了所有的灯

2018 年 5 月 25 日

夏日私"雨"

初夏的雨
总是喜欢出现在清晨或夜晚
驱散我的睡意
敲醒我的梦

雨打轩窗是夏日私语
呢喃在惆怅里
以为走过了岁月
走过了山山水水
便走过了你
从不刻意追寻你的消息
唯愿记忆与时光一起沉寂

忽然，某一天
转山转水
你又转到我的面前
那一刻，我们回到了从前
激活的记忆像喷涌的山泉

欢快着，雀跃着
临空而下

又如同夏日的雨
漫天满地任意挥洒
雨滴般的往事零零落落
可以在任何一个点着陆栖居

莫相问，莫追寻
却是最深刻的情谊
把一份记挂呵护在心底
原来我们呵护的
是一种情怀
是一颗
永远深情的心

2018 年 6 月 10 日

补　气

曾经骑在脚下的光阴
今天又一次拿起
一些景，一些往事
都成了我们心底的记忆
汗流浃背，无语而珍惜

生命，在继续
那些走过的路
磕磕绊绊，忙忙碌碌
那些生了锈的车轴
泛了黄的车漆
轻轻捡起
"补"足勇气

每一日，不可复制
重拾起，无比新奇
收藏起那些曾经走过的痕迹
把陌上相遇的故事
写成最美的传奇

骑一段过往
走一路艰辛

待他年
眉间染了沧桑
再来品味
依旧温暖相依

2018 年 7 月 4 日

黑 与 亮

天黑了

心还亮着

天亮了

心还热着

一束光芒

将暗夜点亮

一个念想

把暖凉心藏

2018 年 12 月 5 日

灯的秘密

灯一亮，时间有了色彩
一切都是真实的
夜，有着庞大的秘密
灯火，小如开花的心灵

神往浩瀚
也喜欢这低处的缤纷
我曾逐日而行
聆听昼与夜在指尖循环

只有灯光
能让我安静下来
守住内心
雕刻时光

无数个秘密
成为静心的胶片
如何看清自己？
我走进你

2018 年 12 月 17 日

走在脚手架上的兄弟

怀抱之中有蓝天
举足之间是山河
华灯初上，你还在钢铁丛林里穿梭
工棚里的梦呓，豪情万丈直上云天
我坐在车里从你的身边奔驰而过
我想象到你昨晚一饮而尽的豪爽

老人的各种药片
妻子的苦涩的双眼
还有孩子的课本和巧克力……
你灵动的手指，敲击着我长久的仰望

远处的山坡，桃花开遍
披一身乡愁，你在梦里返乡
老家砖瓦房的墙上
多糊了几页关于你的记忆

身处底层，人却高高在上
阳光，蓝天，月亮，星星
一根两元的火腿肠
一瓶十元的高粱酒

四个大馒头
还有一条工资到账的短信……
欣喜若狂，来得正好

来得正好，思念有了个着落
来得正好，妥帖了家人的心
来得正好，打来了微信转账
来得正好，再来一根火腿肠

谈笑间，一缕香烟缭绕
命运的喉咙
吞咽世上的灰尘
吞咽灰尘不动声色埋葬的艰辛

你额头的帽子，为幸福遮阳
你腰上的绳索，把晃悠的生活紧紧系牢

追梦的路上，我们近在咫尺
互相不易又各自丢在天涯
你的脊背，被脚手架划伤
我的仰望，被你的伤痕擦出惊讶

庭前正繁花似锦
你看不明白的，我辨不清晰的
是不同的花开花落
行走之中同样是通往家的方向
我们内心的疼痛是那么的不同

你遥望归路

我翘首征途
不同的路
请聆听我温热冷暖的祝福

2023 年 3 月 30 日

清　晨

我漫步
漫无目的的步伐
认识的人和不认识的人向我走来
一阵阵花香向我扑来
一串串声音向我迎来

岁月不锈的犁铧
翻耕天空的清朗与荒凉
能否找回怀念的鸟鸣?

黎明冲破黑暗
拱出来新芽
阳光照亮的幸福与忧伤
一湖之内栖息，不言不语
一木之间流淌，不声不响
纯净，竟可以如此深厚
无欲无求在其中

每天，都是崭新的
一朵朵时间的流云
在人世集锦的舞台扮演不同的角色

然后才去填补这个世界最大的残缺
一幅幅一幕幕地演绎，悬挂
收藏于心

我心灵的空间
一丝一毫都是春秋
一虚一实都是风骨
除了保管幸存的美好
就是张开梦想的翅膀
拥抱每一个完整的早晨
每一个属于未来的早晨

2023 年 4 月 7 日

栖　息

有很多很多年了
自己总把欢乐与忧郁　惆怅与恬静
还有孤独与悲喜等各种各样的情绪
捏成许多小人

他们一寸一寸地向心移动
有的在奔跑
有的在飞翔
有的还在呐喊
于时言言，于时语语

我天天坚持做的事
就是在心灵里为他们安家
因为他们都无法遗弃
成为别无选择的必然

把一个人的爱物
把大自然能拥有的全部
森林湖泊、草原牛羊
满园春色、静谧祥和……

让他们多带上几样
环绕着他们而不寂寞

这些家，有的叫诗
有的叫梦，有的叫幻想
有的叫无奈，有的叫憧憬
都是为了
最终求得一份安逸的栖息

2023 年 5 月 2 日

心，吹动银河

其实
我已经没有什么可仰望的了
我只是想在浩瀚的夜空下
静静地听月亮拨动银河的浪花

那些闪烁波澜的河水
随月亮的盈亏起起落落
柔软城市颗颗坚硬难测的心
有多少是大人需要揭下生活神秘的面纱
有多少是孩子睡梦中的呓语和害怕
又有多少是历尽沧桑洗尽铅华的安宁与伤疤

心，吹动银河
浓烈的情愫起伏荡漾
尘世中那么多经过的事物
不知驶向何方
仿佛明明暗暗就到了天涯
仿佛跌跌撞撞就生了华发

心，吹动银河
我愿月亮波动的浪花中

多少烦恼，多少云烟
都被这纯净的流水
凝固成岁月的表达
载着一船清梦归家

2023 年 5 月 1 日

说不说话？

人是适合群居的动物
群在一起居在一起
但是动物的习性都改变了
越来越多的群
已经丢了居的含义

加了很多群
也退了很多群
暂时没退的群
有了新信息
也会随意点开
进群里看看

有的人，用人话说话
有的人，用鬼话说话
有的人，用文字说话
有的人，用符号说话

有的人，用图片说话
有的人，有链接说话
有的人，用视频说话

有的人，用抖音说话

除非非说不可
我通常不说什么话
也不用文字和符号说话
也不用图片和链接说话
也不用视频和抖音说话

虽然一言不发
我却知道别人说了些什么
想说些什么
在微信群里
我是一个倾听者
生活中也越来越是

2023 年 4 月 30 日

手　指

十个手指
其实是一帮好兄弟
兄弟齐心其利断金
兄弟情深泰山可移

比如用手指去投篮
左手五指支撑，右手五指发力
左右手彼此配合，拿捏运力
球要旋转，手指要轻重有度
球要进篮，借助并拢的五指

对于某件期许已久的事情
我渴望成功
可是，未来的结局尚未定论
可是，未来的襟怀尚未敞开

我合抱十指，握成拳头
仿佛把力量聚拢在拳头
对于可能发生的事
便似乎自信了许多
覆盖了恐慌变得更辽阔

一个人最好的状态
是十指在黑白琴键上自由跳跃
我孤独的时刻
常回忆起童年时那件小钢琴的儿童玩具
伸出可爱的小指头
十指笨拙地弹拨
那种"热情"，那种"绚烂"，那种"璀璨"
在未来的成长之路上脑海里时常会想起

其实，那个只有方寸大的小钢琴
根本就是个玩具
笨拙的指尖并没有让音符流畅
相反，音符就像一个木讷的人
吞吞吐吐地腼腆地说话
然而，黑键与白键都是飞扬的
懵懂的少年
火热的青年
沉稳的中年
十指与琴键相遇
原来会像打铁一样碰撞出最美的火花

当然，那不仅是火花
也是成长中的电闪雷鸣

十指另一个交错的动作
是相互搓揉
是互相挤压
不是因为寒冷
而是因为无奈

无助的表情在手指隐蔽
也在指尖传递着坚持和坚守

揉眼睛是指头明亮眼睛的方式
尘世纷扰
眼睛太需要调节神经
拇指与食指在轻轻摩擦
眼睛与世界渐渐和好

揉鼻子是指头通畅鼻子的方式
世事难料
鼻子太渴望调整嗅觉
食指与中指在慢慢轻柔
鼻子与未来希望都好

我看到一些人在拍照
手指托着下巴
一会儿用左手一会儿用右手
这个造型是手指在完美世界
手指向上托着
向上托着的是思想
再向上托着的是希望

2023 年 4 月 27 日

戏

戏都是演给看戏的人看的
看戏的人也都是为了看出好戏
戏的内容有编有造，有真有假
需要什么
完全是为了故事，而不是为了事故

席位有的属于无名氏
有的属于某人
有的属于大家轮坐
有的属于先入为主
有的属于角色进入

锣鼓开道，撼天震地
情节从天地间走来
人物从演戏中进入
登台一瞬，啪的一声
幕开了，戏开始了

光不垂直降下
而是有角度地自左右过来
有斜度地自上而下走过

强弱有说道
明暗有讲究
映照着演戏人的面孔
这就是戏的设计

人物粉面，开场讲白
梨园声声，箴言贯耳
红袄青袍，精神抖擞
烟气弥漫，戏已开场
黑暗躲在灯的后头
台下大眼瞪小眼

有时风和日丽
有时电闪雷鸣
有时人神携手共进退
有时人鬼同在悲与喜
弄得看者魂不附体
摸不着头脑
总是惊道：
"怎么能这样?"
……

情节如此凸凹
人物如此颠倒
场面之大，乾坤之小
权术在袖子里得手应心
黑白在舞台上驾轻就熟
人间悲苦在怀
世间美丑在心
也在戏里

也在戏外

我在这里要讲的是：
看戏别入戏
谁进入戏里
无例外
谁就有了一个角色

2023 年 4 月 26 日

门

有的门你必须进去，这便是长大
有的门你必须出来，那便是童年
有的门你进去了就再也出不来
有的门你出来了就再也进不去

前天是昨天的门
推开前天就走进昨天
今天是明天的门
打开今天就迈进明天

太阳和月亮这两扇是相互移动的门
昼和夜竟然从来不走错
最神奇的门是爱情
它自己也不懂为何开启或关闭

别人是你的门，不管愿意与否
进入其中你会被改变形象
爱和恨如天堂和地狱之门各自洞开
门竟然能同时走人

回忆门户中闪出的大悲大喜

永远合穿一件迷人的衣裳
绝望是恐怖之门，一旦误入
便无日与快乐再见

倒是
哭与笑，同走一个门
悲与喜，同走一个门
哭哭笑笑，门里门外
悲悲喜喜，门外门里

2023 年 4 月 25 日

攥着自己的骨头

太阳把白云紧紧地攥在手里
天空没有雨
森林把空气深深地攥在手里
大地没有风
魔术师把神秘莫测攥在手里
一切都是真
真话把虚伪死死地攥在手里
满嘴都是谎

每个人的骨头
都自己攥着

攥着，攥着，攥着
有时骨头就硬了

攥着，攥着，攥着
有时骨头就缺钙了

攥着，攥着，攥着

有时骨头就疏松了

攥着，攥着，攥着
有时骨头就软了

2023 年 4 月 24 日

桥

桥将城市之路向上盘旋
在时间与速度里
在指针和光阴间
跨越于我们的生活
使快节奏沿着舒放的线条不断延长

在更快速的流水线上
在更高亢的强音符处
瞬间已背向巨大的阴影
而骨架的雄丽与奇险
迎面而来，不可回挡
人群加重城市的重量
行走闪烁城市的昂扬
在千万座跨越之桥下呼唤新的解囊

在城市巨大的转盘上
桥以弯曲的姿态呈现虹的气象
桥以优雅的舞姿展示美的荡漾
化解城市的压力
增添城市的气场
把美的表达绘成曲径通幽

把美的造型写在意念之上

在速度的变奏曲中连接四面八方
它是空间的匍匐
结成城市的露珠
是意义于流体中的转折
是人类在城市间不可替代的沉升
空间在空间之内
思绪在思绪之外
回避冲突与困惑
流动追逐与启航

桥是生存的一种交叉臂膀
它在寂静之夜
仍要闪烁灯的柔情与光芒
它于迂回中畅想
是光明的绽放
是城市敏感的神经产生的巨大磁场
畅通溢满巨大的画屏
亦可触摸到飞舞的翅膀

2023 年 4 月 23 日

推 开 门

推开门，没有阳光
因为下着雨
很多的剪影
闯进了无数个空间
是昨天，值得追忆

推开门，我想出去
弯曲的影子
紧跟着我
雨水落在地上
若有所思，渗进土里

推开门，我想出去
因为更迭了无数条路
前方的方向
不可复制的展旅
是埋伏眼底，理解含义

推开门，我想出去
因为屋里只有一个人
所有的张望

霞光体贴淡淡的暖意
是太阳拉回镜头，万千旖旎

推开门，我想出去
捡拾和仰望的胸臆
和虚惊一场的风雨
等待风和日丽的伴侣
是等待朝霞，换作厚礼

推开门，我想告诉你
事态苍生如云的踪迹
融合了内心的低语
依偎着记忆
是明天，晴空万里

2023 年 4 月 22 日

起起伏伏

起起伏伏是远方的期许和往事的追溯
起起伏伏是生活的伤疤和幸福的赢输
起伏的思绪犹如快闪猝不及防
降临于寂静深夜的潜伏

在一幅皮影画上
我们刻下时间的尺度
这是事实
万物都在起起伏伏
我们的心是它的广袤存储
我们的情是它的深邃停驻

起起伏伏，在绸缎之上和群山万物
起起伏伏，在辽阔原野和城市追逐
起起伏伏，在植物盎然和河流泽湖
无论起伏在何处
只要看一眼
我们就认出它的
庞大、妖娆、汹涌、急促

落日起伏，星辰起伏

情感起伏，血液起伏
宇宙起伏于我心
我心起伏于我恒
我的脚趾已经辨认出春天的小路
那些美轮美奂令人忧伤的情欲
寂寥地起伏于不被世俗沾染的解读
多年后我们仍能从中寻找到
起起伏伏的抑扬顿挫的感触

只有时间嘀嗒嘀嗒
周而复始，四季变数
时间让我们随波逐流
想不起身在何处
却又时时营造苦楚
这是充满情感的恩顾

我们体验了跌宕
心的翅上有自由的弧度
走不完的命运
命运已经替我们预设了
善和恶、得和弃、罚与恕
我们与这世界的秘密相处
起伏始于一粒小小的劫渡
终结于时间末端
如果还能深有感悟

2023 年 4 月 22 日

怀　念

怀念
是在怀念一段难忘时光
一段记得的时光
一段念念不忘的时光
我们也是一段时光
也会被人怀念

太阳闪耀着千丝万缕的光芒，升起
太阳渐渐收敛起刺眼的光芒，落下
偌大的时光
就藏在一升一落的里面

世界
便把怀念做成
一个跑也跑不掉
忘也忘不了的白白茫茫一片

2023 年 5 月 20 日

来回骑行的老人

沿着一个固定的路线
他从此地骑到彼地
又从彼地骑回出发的地方
他从清晨骑到黄昏
又从黄昏骑回清晨

岁月是心中的涟漪
也是大树的年轮
他从心中的涟漪骑到大树的年轮
又从大树的年轮骑回心中的涟漪
来回骑行，来来回回地骑行
骑行来回，骑骑行行地来回

在骑行里
把自己的光影和热量
化成途中的一株树
庇荫之树
把自己的日月和蹉跎
化成心中的一口井
解渴之井
把自己的壮志和踌躇

化成前行的一个眼神
炯炯有神

谁都是这样一个骑行者
谁都是这样一个逾过骑行者
再来回骑行的人

骑行的目的地在哪儿
已不重要
人们所有的骑行
从出发到止步
或许骑行的路线中隔着时光和距离
甚至生死
但里边装着你我
还有我们的一生

2023 年 5 月 29 日

老　人

院子里的银杏树岁数越来越大了
已经开始枯黄了
弯曲的身躯像极了老人的背脊

枝条的蔓延是老人的牵挂
伸向每一个孩子奔赴的城市
抑或是每一个白天和夜晚
时间久了，枝繁叶茂

然而，时间再久了
枝叶凋零
每一片叶子都无法再触及彼此
每一根枝条也只能是干瘪枯槁

清晨，老人在树下骑车
午后，老人在树下骑车
夜晚，老人在树下骑车

玩耍的儿童们已经回家睡觉
大人们惬意地遛弯后也回家睡觉
连小区里游荡的小刺猬

还有那十几只流浪猫也叫唤着回家了
只有那银杏树的枝丫
依然在朦胧的夜色中
伸向那遥远的、无比孤独的地方

2023 年 6 月 15 日

一滴泪的力度

你怎么突然间就哽咽了
眼泪滑过鼻梁流进了嘴角
隔着阳光的指缝
你的泪晶莹剔透
折射让人触碰心扉的亮光

哭是灵魂表达的必要方式吗？
哭是真情实感的坦诚流露吗？
当你的一种情绪
重叠在我的一种情绪之上
当你的一滴泪水
溶解在我的一滴泪水之中
流淌的情绪，将浸染诉的苦衷
噙泪的眼睛，将模糊心的方向

你是个宽厚之人
流下的泪水都有力度
像是琴键般的手叩我的心房
你能听见心房的回音
我能感触到你泪水的呼吸

让一滴泪的亮光
在白天里隐隐闪动
在黑暗中频频闪烁

2023 年 6 月 12 日

光，多情的想象

这一定是光的想象
映照了一次绝美的盛况
是记录辉煌过往的火焰
用蘸着烈酒的笔端肆意地描绘荣光

光的任性瞬间硬闯
被光芒以外的景物折服
置落于云层之上
一次相遇，一生挚爱
唤醒了永久的回响
唯有山峦、云烟
翻滚过来的风
吹落了镜头以外的声响

仿佛听到沸腾的声浪
像热情的汪洋重新席卷而来
是对 TEDA 永生的守望
回眸。阑珊，放射的光芒
遮盖住曾经的欢乐与忧伤

光，或者光芒——

封锁着四野以外的航向
所有光的诱惑
所有光喷射的热情
于宽广处翱翔
让风与风的交织猛烈地接近闪光
这时，太阳即便要隐退
但依旧映照着处处折射的光芒

被忽略的欢快应着绿色的赛场
寂静，安详
我只留存了对你多情的想象
情深绵长，久久思量

2023 年 6 月 16 日

青春的鲜度

人生架度

初次写诗的男孩

初次写诗的男孩
心乱如麻
站在窗前，玩弄着笔
不知如何起笔

初次写诗的男孩
抓头挠肋
坐在窗前，拿起了笔
正在描绘
美好的诗篇

1998 年 5 月 1 日

思　念

心飘进想象的海
而你的帆
却很远很远
彼岸漫漫无边
一只小船
漂荡在浪与浪之间

思念
化作两条小溪
朝着心儿铺筑的河堤
流向远方的你

1998 年 6 月 10 日

颂抗洪救灾战士们

那是一场英雄与自然的斗争

那是一场人与洪水的斗争与较量

祖国的战士们用血肉之躯

击退了长江的多次洪峰

千里长堤依旧是旌旗簇拥的长城

广阔富饶的长江沿岸依旧是美丽的故乡

多少个日日夜夜

多少个鱼水情深

战士们头顶着徽章

像万盏照亮疆场的星斗

手挽着手，心贴着心

用炽热的装满祖国重托的襟怀

筑成了激流恶浪冲不垮的大堤

这是一场身躯之战

这是一场真情之战

这是一场肉搏之战

这是一场生死之战

终于，战士们用自己的青春和热血

保卫了长江沿岸人民群众生命安全和一万亩粮田

当敬爱的江主席来到他们的中间

一次次发布庄严的号令

一次次传来亲切的慰问
整个江岸沸腾了，整个中国沸腾了
请全世界人民注目吧！
看一看"东方雄狮"培育起的一代英雄战士
战士们您伟大，您光荣
您是当代最可敬的人

1998 年 9 月 30 日

老　农

挥动的镰刀
割出一道道深深的皱痕
辛勤的汗水
浇灌出一根根飘散的白丝

挥动的铁锹
雕琢出一片片美丽的河山
披着烈日
驮着冰雪

用老茧和血汗
铸造出一个永远的犁

1998 年 12 月 16 日

女足，加油！

球场牵着球迷的心
球门系着球迷的情
呐喊喊出我的威风
球技显出你的风采

我的心和你一起跳动
我的心和你一起沸腾
冲上去
别再犹豫
胜利在你脚下，自豪在我心中

为了你！我们期待、我们企待
期待你的胜利，企待你的辉煌
你一定会胜利、辉煌，成为大英雄

1999 年 4 月 28 日

情愿孤寂

有人把孤寂比作一首灰色的乐曲
所以青春应与孤寂挥手告别
其实，孤寂也是走向成功的阶梯
走向希望的跨栏

孕育希望的土壤总有孤寂的气息
倘若成功是一条河流
孤寂便是一叶扁舟
以毅力和信心为桨
便可以渡河

孤寂让我们更真实
使我们不会迷失在喧嚷与浮华里
孤寂里，我们可以真实地面对人生
真实地研究问题
真实地回忆过去
真实地回味生活
真实地思考未来
思想可以无拘无束地驰骋
生活可以无拘无束地品味
找回浮躁中失落的真、善、美

孤寂让我们拥有理智的思维
孤寂里我们可以抛开左右我们视线的一切
换一种眼光看世间的亲情、友爱
放下沉重的行囊
轻松地走向希望的未来

1999 年 4 月 29 日

又见那片海

又见那片海
那片浩瀚的海
那片汹涌的海
昔日那遍体鳞伤的涉海经历
那刻骨铭心的痛
又再次鞭打着悸动的心灵

面对这片海
止步？跨越？
止步的安适只能带来永远的遗憾
而跨越的风雨却可开创一片明朗的天

跨越这片海
既然憧憬着海那边美丽的童话
又何必为海潮的澎湃而苦恼
既然神往于海那边醉心的喝彩
又何必为海浪的跌宕而犹豫

又见那片海
那片浩瀚的海
那片汹涌的海

再也没有往日的自卑与脆弱
用心中的理想向生命直言
让鼓起的勇气为生命扬帆
跨越
跨越这片海

1999 年 5 月 5 日

重　生

又是枯叶飘零
又是新绿破枝
又是冰雪天地
又是溪水潺流
鸟儿埋入泥土的躯体又爬出了新的生命
古树沉睡万年又变成了黑色的煤炭

大自然年复一年地转动着它的车轮
将自己的孩子们关爱地——
由一个生命变为另一个生命

在这个世界上
万物都在大自然的怀抱中变幻
但，没有毁灭
只有重生

1999 年 5 月 10 日

孤独的星

漫漫长空，闪着一颗孤独的星
一闪一闪地仿佛诉说藏在心中已久的梦
远方的你，可曾听到我的召唤

不知什么时候
才能站在你的身旁
不能触及你的身心
只能站在空旷的一角
默默地把你遥望
真诚地为你祝福，孤独的星啊

而我只能摆脱那条无形的绳索
跨越一道道障碍
跑进秋天的旷野
放飞我那满是孤寂的心
让世界重新听到我的声音

我想呐喊，我要高歌
让声音充满身旁的每一个角落
如果没有声音
我在孤寂中收获的只能是沉默

渐渐地，我懂了
孤独不该属于你
寂寞也不该属于我

你在天涯的一端
我居海角的一方
紧握穿越时空的手
让我们用爱和关怀编织一弯连接心灵的彩虹

1999 年 5 月 20 日

春

　　婴儿从啼哭中健康成长
　　故事从雪缝中吐露新芽
　　冬眠了一季的舒心
　　在天地万物中，破译了
　　生活的使者便跨进了枯木逢春的时刻

　　当锄头又一次与大地亲吻
　　汗水将与希望对白
　　便芬芳了春的梦呓

1999 年 5 月 21 日

远方的朋友

叠叠书信，叠叠真情
山一般堆积起来
我仿佛看到
许多从远方伸来的双手向我召唤
摸一摸信封
感觉到，紧握着力量，紧握着温柔

当我对生活感到忧愁
翻开这些问候和叮嘱
就有无边的春景
铺展在我的窗口

当我感到人生的坎坷
远方的他总是鼓励我
不甘失败
便让我感到了人生的价值

即使风霜雨雪断裂了漫长的邮路
我心永恒
山峰的那头有真情、友谊在苦苦跋涉

1999 年 5 月 27 日

生命的船

生命是一条船
青春是它鼓鼓的帆
把真诚装进去了
船就变得丰满

1999 年 6 月 10 日

师　颂

谁的谆谆教诲像一阵细雨滋润我们干涸的心田
谁像一阵山风吹散我们心中的迷雾
谁像太阳吹散我们心中的阴云

是您！亲爱的老师
您是一个使航船躲避海上风暴的港湾
保护我们生命之舟不至于被浊浪吞没
您是一位耕耘者
用辛勤的汗水滋润过去，描绘明天

您甘愿做别人通往巅峰的台阶
不羡慕腰缠万贯的富翁
不崇拜叱咤风云的名人
您甘愿永远平凡
一棵草能成坪
一棵树能成林
一滴水能汇成大海

在残酷的岁月流逝中您胜利地微笑着
因为别人看来是岁月烙印的皱纹与白发
却是您无私的勋章

您像一支蜡烛，有心照亮别人，无心显示自己
却不知青春在烛光中默默消逝
粉笔末偷偷雪染了双鬓

我们聆听您那急切的脚步声
在那里布满了您对事业的忠诚
我们凝视您的脸
您的一笑一颦都充满了对我们的呵护
您用汗水编织一个又一个美丽的花环
帮我们实现一个美好的誓言
圆一个美妙的梦

老师，您是不息的大海
定能托起明天灿烂的太阳

1999 年 9 月 10 日

故　事

手持旋律的笔
编写醉人的日记
手持旋律的笔
谱写生命的乐曲

今天的遗弃
明天的拾起
是一本人生故事集

故事中有你有我
有悲欢离合
因为有了故事
才有了人生
也因为有了人生
才有了故事

1999 年 9 月 20 日

思　念

心飘进想象的海
而你的帆
却很远很远

岸茫茫无边
一只小船
漂泊在浪与浪之间

1999 年 9 月 28 日

奋斗 拼搏

我们奋斗
为了收获一个理想
我们拼搏
为了创造一个永久的辉煌

1999 年 10 月 1 日

立于夏日

放飞青春多彩的希冀为天空
这里，童年的懵懂为土地
立于夏日，年龄向时光宣言
也莫以秋的硕果来贬低春意的落红
不必以春的喧闹来衡量秋深的思索

以同样的坦然，面对幼稚与成熟
珍存春日，更请向秋凝眸
也许秋的寒雨需要承受
也许春的熏风温馨已久

以同一种心情，面对不同的缘由
回首春天，也请幻想秋日
也许秋果在这时刚刚结成
也许春花在这时还未凋零

立于夏日，意味着你面对秋天
立于夏日，说明你走过了春天

1999 年 10 月 15 日

老　树

它们
几十棵树皮干裂的老树
它们
几十年来就挺拔在路边
不像常艳的月季花耀眼
只在骄阳似火的夏日
才拼得行人的一丝好感

或许
那一丝还是对它们的可怜
尽管这样
它们却毫不在意
仍然奋力把枝叶伸展
只允许烈日
通过它们的点点缝隙
投下自己的影像

然而
它们毕竟老了
头上的枝条不断枯折
身上的树皮不断裂落

面对这一切
它们只能无声地啜泣
因为它们看到了不久的将来
取代它们的那些小树
在烈日下稀疏的倩影
　和树下行人的哀叹

1999 年 10 月 18 日

朝　阳

火一样的朝阳
是你给了我勇气
是你给了我信心
是你给了我力量

火一样的朝阳
面对黑暗你不屈服
面对困难你不认输
面对荣誉你不满足

啊
朝阳
我敬你

2000 年 3 月 15 日

朋友之间

不需要太多的话语
来解释彼此的误会
假如没有了默契
千言万语也是枉惜

不需要丈量彼此的距离
就像不需要说明卑微与伟岸
未必一定要形影不离
才能表明心与心走得很近很近

不需要表现过分的理解
或许淡漠更能激发友谊
纵然有过千番承诺
也不如在心底默默祈祷祝语

不需要总是阳光
冷落了风雨也就冷漠了回忆
不要有一种坚定与执着
在你我之间的距离

2000 年 4 月 10 日

老师，您歇会儿吧

风轻轻，花淡淡
静静的黄昏里
花开的声音温柔地传来
悠长悠长……

月光不再昏黄
星儿也不再顽皮
因为它们知道老师
——您还在辛勤工作
您听，蝈蝈在为您奏起和谐的旋律

太阳不再傲慢
云儿也不再伤感
因为它们知道
——您在使"花儿"绽放
您听，知了也在尽力为您谱出快乐的音符

日复一日，年复一年
您不知多少次像今天这样
请您歇会儿吧
这是学生衷心的呼唤

满腹心语，却哽咽心头
千言万语化成一句话
请您歇会儿吧
这是学生心底的呼唤

风轻轻，花淡淡
在朝阳升起的时刻
花儿甜甜的笑容
使人沉醉……

2000 年 9 月 10 日

辉煌的老锄

姥爷是一把老锄
是一把辉煌的老锄
岁月深深，泥土深深
他用一生的勤劳和质朴挖掘着
他古铜雕铸的躯体，山峦起伏的臂膀
他餐风饮雨的面孔
所有的一切
把一个个月缺挥舞成月圆

磨不钝的是他钢铁的意志和信念
时光的颗粒，在不断地接受着命运的敲打
埋没贫穷，翻耕富裕
人生便是一块永远耕不败的土地

我深深爱着这把辉煌了九十年的老锄
这把老锄
他深深地挖进岁月的泥土
以心血为肥，汗水为泉

2001 年 1 月 5 日

月　亮

——送给老师

深夜
不顾自己身上的冷
把光亮分给星星

清晨
不和太阳比美
消失在幽静的山顶

2001 年 9 月 10 日

终于长大

我听见周围很多的人对我说：你终于长大了
我表情木讷地回答：嗯，我终于长大了
然后便醒来，原来是一个噩梦

当我在父母面前侃侃而谈学习时
父母说：你终于长大了
当我对老师的要求言听计从时
老师说：你终于长大了
当我给伙伴讲述生活的苦恼
而不再一起玩耍欢笑时
伙伴说：你终于长大了
当我莫名其妙
又理所当然地学会一些本不应该学会的东西时
我对自己说：我终于长大了

我终于长大了
我变得察言观色，学会了深藏情感，保留思想
学会了无视周边，学会了人云亦云
随波逐流，见风使舵……
即便有众多的烦恼
也不能向父母、老师倾诉

即使有自己的观点
也不能标新立异，独树一帜
即使有满腔热血，一腔热忱
也只能被说成"三分钟的热度"
即使活泼开朗
也不得不变得沉默寡言，默不作声……

我不再把自己的一切讲给父母、师长、伙伴
怕招来不理解
不再对班集体抱以热爱
怕被同学冷眼看待
不再关心帮助他们
怕被说成多管闲事……

从此以后，不再真诚友善
不再无所畏惧，快乐自由
直到有一天
我留着伤感的泪水宣告：我终于长大

2002 年 3 月 20 日

牵　手

我牵着母亲
母亲牵着我
曾经的细嫩的手
变成了嶙峋的手

春天牵紧了花的手
倾听着槐花的诉说

母亲牵着我的手去看槐花
我牵着母亲的手去钩槐米
刺儿扎了我的手
疼的却是你的心

为儿做一顿香甜的槐花菇蕾吧
那儿时的记忆温暖而绵长

2002 年 5 月 10 日

我们与泰达同行

我们与泰达同行
当太阳在渤海湾波涛荡漾的摇篮里熟睡
心中的希望开始升腾
燃烧着我们群情激荡的理想

当泰达精神凝聚成坚定的信念
宏伟的蓝图已经铺展
描绘着泰达浓墨重彩的未来
这是属于我们的无上荣光

我们与泰达同行
当二十九年的足迹不断延续
我们又一次站到了历史的前沿
"十大战役"激战正酣
北塘经济区日新月异
临港工业区紧锣密鼓
滨海旅游区热火朝天
泰达人赢得各界的褒奖
承载着历史赋予的荣耀

当泰达品牌赢得了广阔的市场

丰满的羽翼振翅翱翔
挥洒着我们厚积薄发的力量
这是属于我们的无上荣光

我们与泰达同行
当二十九年的步伐不断超越
我们又一次谱写了壮丽的画卷
梅江会展荟萃世界精英
津滨轻轨接纳八方来客
泰达滨海站如火如荼
MSD 宏大规模气宇非凡
泰达人严谨的态度时刻不忘
闪耀着我们坚定不移的信仰

当"五大产业"风举扬帆
勾勒出美好的愿景
百倍的信心奔向前方
铸就我们绚丽夺目的辉煌
这是属于我们的无上荣光

我们与泰达同行
当泰达人的汗水汇聚成碧绿的波涛
静静地传递着文明与奉献
蓬勃的生机焕发光芒
谱写我们心中的华彩乐章

当赞美泰达的声音久久回响
世人的目光温暖着心房
鼓舞着我们迎向更大的挑战

当我们为成长在这片热土而感动
拼搏创业书写出经久不变的传奇
当所有的成就与荣耀成为历史的篇章
崭新的一页即将翻开
怀揣着我们的梦想再次起航

当泰达人用承诺谱写出新的旋律
奏响排头兵的乐章
主力军的步伐无法阻挡
当泰达控股谱写的画卷闪烁在我们心中
对滨海的热爱成为我们美好明天的深情导航
这是属于我们的无上荣光

我们在春风里与泰达携手上路呼吸同步
我们在夏雨中与泰达同步泥泞脉搏同率
我们在秋月里与泰达并肩鏖战艰难共担
我们在冬雪中与泰达共赴征程荣辱与共

站在渤海之边极目四望
这一刻让我们驻足回想
这一刻让我们放飞希望
带着我们的真诚
带着我们的智慧
带着凝聚在我们心中不变的激扬

让我们在滨海上空划一道绚丽的彩虹
引领未来的无上荣光！

2013 年 12 月 6 日

人生劉度

乡愁的温度

乡愁向何方

我站在他乡
一早上先是听说
晋南的天空
下雪了，继而就听到
大地的神经在跳动
后来才知道是台北的
天空扬起了风暴
我紧闭着眼睛
可我在眼眸的内层
仍旧看见了陡峭的白

它在告诉我雪降在大地上
落到了最深处。那里
闪动着母亲厨房里
酸牛奶的磷光　却隔着一座
浅浅的海峡，乡愁
将成为灵魂的断线
永恒链接到我飘摇的
思绪中。先生走了
永远地走了，带着
他此生难以了却的

乡愁，却以寒冷为他的诗
和他此生再也不能越过的大陆留下了
空白和长长的一个句号

掬起一枚小小的
邮票，那上面的乡愁
似雨滴落在我的心头
又像雪一样在翻滚
这一片巨大的悲伤
纷纷扬扬把一切都飘下来了
我的乡愁向何方

此刻，我就是
那个大雪纷飞的人啊
是的，你看看我的周围
空空荡荡，我想和我的
寒冷说话，最好有一束光
有一个可以让我倾诉的
地方，可我分明看见
迎面走过的人怎么都是
低着头，而且全部是
白发苍苍

2017 年 12 月 15 日

丰收的笑容

穿越流年的栅栏
轻轻打开记忆的素笺
缕缕馨香扑面而来
丝丝暖意在心底深处氤氲

收获的季节
瓜果飘香，粮堆满仓
一垛垛玉米
像雨后的蘑菇
眨眼之间便生满房前屋后

弥漫的空气里
到处散发着
玉米的淡淡清香
是大自然的气息

飘香的时光
被一个个勤劳的人
用憨厚的笑容
淳朴的智慧
打磨得细细的碎碎的

填满了每一个
风尘仆仆的脚印

每一个笑容都是多情的
像个老友
轻轻经过我的眼前
不言不语，却满含真挚
不言不语，却亲切无比

2018 年 10 月 5 日

端　午

此时此刻
郊外麦田金黄一色
农家享受四季耕耘的期盼眷恋

此时此刻
校内考场森严壁垒
学子检点十年寒窗的苦辣酸甜

此时此刻
角粽青青艾草香香
手上缠绕避邪驱瘟的五色丝线

2019 年 6 月 7 日

没有见过的奶奶

我生下来就没有见过我的奶奶
小时候听爷爷讲
奶奶去了一个很远很远的地方
可是到现在也没有回来
也许奶奶家门前的大槐树
就是一种守望和期待

我生下来就没有见过我的奶奶
只是听爷爷说
奶奶的个子不高
温柔贤惠和善良

我生下来就没有见过我的奶奶
只是听爸爸说
奶奶心灵手巧
我梦见奶奶的双手紧紧地搂抱着我
正在编织着属于我的新衣裳
也编织着属于她的过往

我想把我的童年
送给我的奶奶

如果我梦中的那双手
就是我的奶奶
让我亲吻她的手
让我知道宠爱的含义

我的心灵深处
为奶奶留了一个位置
我不确定
这个位置的意义
是生生不息还是血脉延续

长大了我才明白
有一种爱
是父母给不了的
可是我生下来就没有见过我的奶奶

2015 年 9 月 13 日

向日葵的 "笑脸"

田地里的向日葵熟了
绽放着灿烂的笑脸
等待着收获它的人
滋润向日葵的水渠
却露着干瘪的肚肠

地里的野草犹如寂寞般疯长
涂满了整个田地
向日葵蹲在姥爷的坟边守护着
玩耍的娃儿抱着向日葵
仍在田地里不停地奔跑

2020 年 8 月 14 日

我们就是留你过年的帖

留在这里吧
退掉攥在你手中的火车票
放下你丢弃不了的行囊
我们就在这儿过年

虽然见不到村口的大槐树
也没有潺潺流水的河流
没有柴火烧的年夜饭
也没有了袅袅的炊烟

一样有花生瓜子
一样有水果糖茶
还有超市里琳琅满目的家乡特产
还有父母就在身边的亲情相依

一样有欢歌笑语
一样有暖锅炸菜
还有亲人寄来的煮饼麻花
还有微信视频可以和他们时时对话

你说

你答应给小外甥的压岁钱
还在兜里揣着
你说明天是跟姑舅叔伯约好回家的日子
他们还在等着

你说
你还要回西阳呈上坟给爷爷奶奶进香
是爷爷拉着你的小手一起放牛割草

你说
你还要去看看北坞村的老房
留下你童年记忆最深最深的地方

不说了
不说了
劝你别太记挂老家
现在的老家已经变了模样

是不是喜欢和孩子们在一起
是不是也要疯疯癫癫地闹除夕
让小区里孩子们陪你做游戏
看着"社区春晚"一直到心里的预期

对了
孩子们说了
我们就是留你过年的帖
我们就在这儿过年

2021 年 2 月 10 日

中秋的月光

中秋的圆月，沉静中
带着几分怀旧的悠长
小时候，每到中秋
总是与家人
坐在庭院月光铺洒的长椅上
听着老人讲嫦娥和玉兔的故事
偎依在家人的身旁

在那弥漫着
花草淡淡香气的夜色中
那香甜的美味一直珍藏
那甜润的感觉和幸福的滋味
还有那满盈的月儿
载满了无尽的情感在慢慢荡漾

欲向圆月借一缕月光
借这月圆时候的光亮
月光，像是一缕散落的白纱
让人不忍探足踏碎
那份圣洁的光芒
只想把它送给远方的向往

中秋那皎洁的月光
一定是游子望月怀乡的彷徨
是拨动心灵的款款心曲
是沉淀心底的浓浓祝福
更是那勾起思绪飘向思念的地方

我用岁月堆砌不变的思念
宁静的月光，柔情依然似水
仍然把浓浓的亲情和友情
浓缩在这一轮月光之中
在心田中永恒不变地流淌

我们用时光交谈团圆时光
却给了我们一个漫长
这漫长的时光
此时此刻是否也一样
怀抱着梦乡沐浴这思念的月光

2021 年 9 月 17 日

无法握住的乡愁

时光之镰，无情收割着苍茫
我要找到汾河岸边的那片麦田
和麦田里拾麦穗的姥姥粗糙的手
那泥土里落满着沉淀的慈爱

岁月之影，散落隐蔽着光芒
我要去看一看村口
坐在大渠上等我回家的姥爷的影子
那光影里流转着灿烂的光华

云影之下，宁静承载着成长
我要去城门外的山坡上
咽下一把羊胡子
还有那心酸的眼泪

我要在坟边坐上一会儿
看风吹动着蒿草
吹动着尘世的思念与孤独
吹动着梦的温存

我要离开

赶在黎明之前
种下血脉里的延续
看泥土里的声音
在隔空的方向生息绚烂

一千公里以外
三月的北坞村
让我知道
那是我无法握住的乡愁

2023 年 3 月 23 日

那个平常的黄昏

黄昏时有河风从远处吹来
虫鸣间的葫芦花摇响了铃铛
蜻蜓驮着一缕夕阳来回低飞
薄翅上闪动着宁静的光泽

苹果树结出大大的果实
风大些时
有早落的苹果落到地上
惊起那只老狗突然起身

慈爱的姥姥围着碎花围裙走过
臂弯的竹篮弥漫着菜蔬的清气
竹缝有水珠不停滴落
砖块铺的小路留下一溜水痕

姥姥抿嘴露出深深的笑窝
她径直走进锅厦
不一会儿，炊烟便从青瓦顶升起来
与天上散步的云美好相拥

笼盖沿冒着一圈带响的热气

锅里的香味氤氲着整个锅厦
循着晚风溜进院子
一会儿锅台上的一个个白瓷碗
装满堆尖的炉面

哥哥姐姐还有那个腼腆的我在院子里捉迷藏
头发上的热汗裹着一团蚊虫
灰头土脸的模样流露出童年的欢快

这是北坞村一个平常的黄昏
是我昨夜梦中又见到的场景
心头的钟声撞醒了晨曦
撞醒的却是内心那柔软的情愫和浓烈的乡愁
还有那湿透的枕巾和无边的惆怅

2023 年 3 月 24 日

北坞的气息

你可知道，远方的诱惑能有多大
你可知道，翅膀的飞翔能有多远
只是一回又一回，一次又一次
背起行囊去寻找最好的山水

当游荡的心被一缕炊烟俘获
北坞这熟悉的名词又让我湿润双眼
说不尽心头深藏的情结
似剪不断的脐带

飞舞的蒲公英载着蝴蝶
麦田上空翩翩起舞的蜻蜓
瓦房上袅袅升腾的炊烟
还有姥爷怀里馨香四溢的麦穗
心的希冀雕饰成每一寸山河

泥土的气息在体内涌动
带上那朵飘不走的流云
打开童年
我是北坞青色的麦苗儿
金黄的葵花，白色的棉花

273

还有姥姥一声长长的呼喊
我便站在此心所安的地方

用文字叙述北坞的气息
那山那水
那盛开的槐花香将开满房前屋后
无论走多远，只要深深吸口气
就能嗅到北坞清新的田野

天空带不走日出日落的匆匆
而我只想带走城市的喧嚣
带走阔别多年的惆怅
在天亮到来之前
让梦乡抵达赋予我情感烙印的地方

2023 年 3 月 26 日

光阴你慢走

爷爷家门前的那棵老槐树
爬上些野藤
房前屋后不紧不慢开满了许多向阳花
几只没有飞远的蝴蝶
穿梭在尘埃里
还有漫过树枝的阳光

人心里的日子亮了
那些坐在北墙根晒太阳
送走光阴的老人
也不在意秋风掠去后空荡荡的田野了

即使乡野风劲，吹弯了草
也只会把他们的影子在土地上
拉得更长，更远，更实在
但是转身已白发苍苍

石板路上陌生的脚步声
惊了鸟雀，惊了浍水
猫跳上屋檐，枯叶落了一地
当初那个可爱如昔的小小子

确信时光像别离，像永遇

村里的事是没有边际的
只有无尽的悠悠情思
很难把我从梦境里吹醒
阳光只迈了一小步
一生中的日子就已过去大半

老屋前的迎春花开得正艳
折下一两枝，清脆声，附和着鸟鸣
村东边，宝峰院的那一支香火
一直缭绕到现在
但是，只有在梦里的回眸中可以重逢

2023 年 3 月 20 日

远　方

远方有树，树中有巢
巢里眠着一枚远方的理想
远方有山，山顶有太阳
太阳亲柔地舐着鸟巢
多像孵化飞翔的翅膀

远方有朵雪莲花
没有人能看清它神秘的面庞
但它在悬崖峭壁间
滴洒着迷人的幽芳

远方有个美丽的约会
地点就在清清的小河旁
为了一同拜访大自然
心与心相印竟忘却了梳妆

袅袅的水雾在远方升起来
就像天堂的白云降落在远远的山岗
那个前去采撷云朵的人儿
什么事总使你泪眼汪汪

远方没有驿站
但为了远方，跌倒的人爬起来
步行的人跑起来
跪倒的人挣扎着站起来
咬着牙抬头高昂

你能否掩上黄昏埋葬所有的实意
然后你搂着远方安宁的梦乡
就像明天搂着远方
就像明天搂着一缕晨阳

有时心情如同一叶小舟
悄悄漂浮生活的心港
远方有家吗？
小舟不语，撑开帆
头也不回地继续向远方

2023 年 3 月 28 日

打开手电照亮世界

儿时的西阳呈
有月亮的晚上
月亮就是天上的手电
它照亮儿时我成长的路
抵达我幼小心灵的深处

在月亮的手电下
我的影子很渺小
像如雨的月光下
四处爬动的小蚂蚁

没有月光，西阳呈漆黑一团
爷爷的手电
让黑又把回家的路
还给了我

路随着光的晃动而延伸着
光随着脚步抑扬顿挫着
爷爷的手电，把我的身影
照得很大很长
遮住了一半的路

若不是急着赶路
有时，爷爷会停下一会儿
或者去田间看看他的庄稼
看庄稼们睡着了没有
当各种小飞虫
在手电的光中跳舞时
我听到了庄稼的鼾声

这时，爷爷会把手电打向空中
我知道爷爷有照亮星空的企图
无奈星星们现身在光外
并且有几粒，丢失在手电的光亮中

许多年后，我才恍然大悟
手电能够照彻的世界
不在耳边，不在窗前
不在天上，不在地里
而在我的心上

2023 年 3 月 30 日

孤独的月

我从来没有觉得月亮那么的可怜
无论阴晴圆缺
它都皎洁而明媚
而我现在开始同情月亮了

黄昏后
它早早地蹲在海棠花头
愁眉苦脸向曾经的家乡探望
满脸的牵挂

河水流着流着，消失了
道路弯着弯着，消失了
亲戚念着念着，消失了
无意之间渐渐消失的还有
纯真、记忆、成长、美好……

然后被邻居夸赞的小娃儿也消失了
电线杆"音符"线上
站着梳理羽毛的几只家雀

然后城市一夜之间仿佛消失了

推土机、打桩机、压路机轮番上阵
把家乡改建成乡愁

在外的游子寄到老家的包裹被原封退回
唯有月亮还惦记着这个地方
这不，它又躲在海棠花后
忧伤地扯一把云巾

2023 年 3 月 31 日

雨滴的分量

雨滴清洗着今夜
一切都是那么的意料之中
云朵自空中而至
雨滴自空中而至
都在回应等待已久的呼唤

一棵棵行道树
在雨中洗亮自己每一个叶片
它们紧挨着排列着开始呼吸
如泼洒在纸上的文字舒展自己的叶脉

我也学着行道树
在雨中洗洗自己的脸
洗洗自己的眼
舒展开自己的内心
享受无所不至的润泽

梦是如此真实
生活如此虚幻
某种承诺，正在滑落很多旧事
我也要洗亮夜色中的每一片自己

迎着雨夜在梦的缝隙里开始梳理

这个雨夜
那些越走越远的人
化作一滴又一滴的雨滴
缕缕浇心，盈盈挂怀
落在了我的心里

冷冷的寒意
细屑的心思
只要我行走
它们就都陪我行走
这些雨一定是为我而来
每一滴雨珠都含着深情的寻觅

2023 年 4 月 3 日

心中的光是你流下的泪

我打着伞
晚上从路口走过
那些用粉笔画出的圆圈
被小雨洗刷了边缘
隐隐约约的一个挨着一个
在路口的拐角处紧凑地排列着

一个老大爷领着一个小孙子
打着伞在烧纸
他们的衣服都湿透了
但是猛地蹿起来的火苗
像一个写在夜空里的惊叹号
仪式感中带着慰藉和提醒

看到这个场景
我不禁打了个寒战
抬头看了一下夜空
很快便离开了
一路上内心始终被光与雨填满着

一天的小雨

带来寒意弥漫浸透了夜晚

小雨细小又光芒闪亮

又过了一个街口

又有些人打着雨伞

火星和纸灰夹杂

烧过纸钱的痕迹依旧明显

也许如心所愿

它们都已被逝去的亲人全部接收

将地面烤出来一个很大的疤痕

雨伞下纸钱燃烧时的那团火

又被天空落下的雨浇灭

那是故去亲人的眼泪

和在世者满满热情的火光

拥抱在一起的支撑和融合

原来我们对故去的亲人

所有哀思和寄托

最终所祈求能有个相接的地方

雨水和火光变成了通道似的

更多的是将情感联通在这一天成为了可能

让雨水和火光成为面对虚空的一种努力

我继续往前走

我感到雨水和火光

正努力地向我扑来

要把我内心里累积的愧疚冲洗、燃烧

使我走不动路

停下来淋着雨水望着火光

2023 年 4 月 4 日

好想回到从前

好想回到从前
那个从前的从前
水在山川的低处
人在情感的深处
天地万物在一片鸟鸣虫吟中安详
我还没有那么多百感交集和无尽的畅想

从前还没有转身的失望
一如神仙的向往
心中的百合
仿佛总会一直绽放
盛开成无数典雅的珍藏

好想回到前天
那个前天的前天
没有往事将今天切割
没有泪珠将今天包裹
怀中还有设想作为安慰
潇洒还能奔腾向上涌升
过去和未来之间还有长长的距离可以寻访

前天太阳走过的地方都留下了长影
万物的种子都挤在心中荡漾
绿叶欢快地发言
回归枝头的安静和彼此相生
在我的世界之外久久地站立
把将来描摹成不同凡响的明朗

好想回到昨天
那个昨天的昨天
今生行走的路程依旧明亮
像朝露未被阳光晒干
村庄和城市彼此遥望
像正在寻找的一奶同胞
等待着重逢连起来心肠

昨天时光还可以得到延伸
通向过往也通向未来
内心还可以留点位置给心灵独白
温柔而轻暖，慈悲而欢唱
让明朗冲淡纷扰更加闪亮

不管过去现在和将来
没有任何一个人
或者一块景色专属于我
包括我自己

好想回到从前
那个从前的从前
那个前天的前天

那个昨天的昨天
矮小的我在旷野里站定
天庭打开，留住了四面八方

2023 年 4 月 17 日

火 车 站

火车站已变得苍老
只留下南来北往的父亲和母亲
还有那行李搬运的回响
还有那内心不再沉着的慌张

空寂的站台，高高在上
背起的行囊，摇摇晃晃
背影的蹒跚，踉踉跄跄
走过岁月的绿皮车车窗
半掩忧伤，守候苍茫

谁架起的高铁
遗忘了车窗
谁让记忆闯进胸膛
遗忘了窗外的风光
谁让脚印留下温度
遗忘了情感守候的站旁
谁让温暖塞满行囊
遗忘了熟悉的客乡

一想，一叹，一行囊
一明，一暗，一沧桑
那是谁在朔风中的泪光

2023 年 5 月 13 日

城市里的麦芒

这是一片从杂草丛生里筛出来的
撒了一把种子点种在此
成为了城市里一段最温柔的绸缎
如果不仔细看
谁会在意这朴素的淡化的虚无

这片城市里的麦芒
如此空旷
无数麦粒相互抱着内心的火焰
追火而来的布谷鸟
即将引燃收割的信号

我仿佛看到那些把喜悦笑成弯月的镰刀
在风中学着翻飞
一会儿忽上忽下
一会儿忽左忽右
仿佛看到一大片五月
就在乡亲们的眼中瘦了下去

一只蝴蝶飞来了
另一只蝴蝶也飞来了

它们扇动的翅膀扑向我
困住我，锁住我……
更多的祷词在空中交织
希望嘈杂与喧嚷绕开这巴掌大的土地
给麦芒一段喘息的时间
给我一个和麦子寻找对话的密码

此刻，我正躲在城市的麦芒中
麦浪一层层地远去
又一层层地涌来
看阳光如何让城市黄袍加身
如何将皮肤染成麦色
如何让心静静地追溯着，热爱着……

2023 年 5 月 7 日

时光是走了很远很远的路

五月的油菜花海
随风波涌着浩瀚无岸的金黄
时光的路，在蝴蝶的翅羽上扑闪
弥漫不止的馨香

给了思乡人
以牵挂，以叹息
以勇敢，以坚韧
抵达至纯至美的宠爱时光

这久久伫立后的凝视
这久久凝视后的伫立
让思乡人的心在远山以远
让思乡人的梦在烟波以远
这五月的花朵与时光的波涌
深深触动了谁的乡愁？

春风，烟波，云絮，鸟声
它们和油菜花一样
在匆忙的岁月中留下自己的身影
葱郁抑或萧瑟

摇曳抑或凝固
悄然地
新时光走近了，路走起来却很遥远
旧悲欢远去了，路走起来却又很近

浮浮沉沉，寻寻觅觅，荣荣辱辱
冷冷清清，零零碎碎，点点滴滴
人生就这样变换
季节就如此轮回

这里的这片油菜花
让我忆起那一片
装进多少旧时光的那一片
装进多少至今没有消散的那一片
装进多少灵魂得以宁静不再疲惫的那一片

记住这赐予我
以牵挂，以叹息
以勇敢，以坚韧
抵达至高至尊的宠爱时光

记住这条时光的路
我们的心里就永远拥有着一段时光
就可以走很远很远的路

2023 年 5 月 5 日

麦秸垛

麦秸垛是田野积聚的欢乐
是一幅精美的图画
是一首凝固的乐曲
千姿百态的麦秸垛
一座挨着一座
将秋天的丰腴呈现给最亲近的人

柔软的麦秆里
流淌着露华，凝结着时光，孕育着希望
秋风走过大地
麦秸垛心如止水
襁褓中蕴藏着成长的根系
颗粒归仓的喜悦是最幸福的事儿

不用再为这季的收成担忧
金黄是滋养万物的一种颜色
姥爷扬起草叉
面容与草垛一样闪耀着金色的光芒
他从秋到夏忙碌了八个月的双手
可以收起来暂时歇歇了

我喜欢这样的时光
有麦秸垛掩映的童年
是饱满的、诗意的
有月亮的晚上
呼朋引伴聚到打麦场
麦秸垛是天然的屏障
折麦秸为矛，披麦秸为甲
冲锋陷阵，攻城略地，百玩不厌
轻易就能抵达快乐的王国

牛车是麦秸垛移动的身躯
车轮每次转动
云朵里都会落下水滴
那不是天空的眼泪
是大地的情思
等到风霜褪尽
麦秸垛便会在泥泞中
袒露自己真实的一生

我感叹的是：
从前的快乐就是生活
现在的快乐却是礼物

2023 年 5 月 28 日

逝去的端午

糯米的情深
就是要躺进粽叶
捧在手心

被裹成一个绿茵茵的小三角
一起被包裹的还有红枣、豆沙
以及爷爷、姥爷、姥姥唤我的一串串乳名

端午在夏至时节
甜成蜂糖的疼
甜成小小的坟头
甜成我越来越远的亲人

我不喜欢曾经挚爱的甜
甜跌落成我的沉思
拿着刚摘的艾草
闻着艾香
牵走回忆
一起等端午

把流逝的日子

悬于门楣
藏于香包
寄于远方

2023 年 6 月 23 日

西阳呈村的节日

想到泥土，我便回了西阳呈村
那是爷爷和爷爷的爷爷生活的地方
虽然我没有在那里生活过
但那也是我的根
是我魂牵梦绕始终记挂的地方

西阳呈，就像那枚圆月
把浍河水柔软地铺开
住着乡愁的魂魄
在河里摇啊摇，晃啊晃

炊烟、升腾、亲切、热望
像倚门而立的奶奶
虽然我没有见过她
但是我仿佛看到了
她那沧桑的额顶扬着长长的手臂

我那和西阳呈村一样老的爷爷
站在村口那株
宛如一把绿色大凉伞的老槐树下
漏了风的嘴笑得合不拢

成熟的向日葵
饱满爷爷的喜悦
在梯形的舞台上
它们是西阳呈永远的主角
金色的花盘
潮水一样淹没我的目光
我俯身贴近泥土
用心聆听来自庄稼根部的乡音

向日葵隔壁
是亭亭玉立的玉米地
金黄金黄的玉米粒
颗颗饱满
就像黄宝石一样晶莹剔透

蜘蛛和小雨点忙着穿针引线
编一顶镶钻的皇冠
好为这个季节加冕
这是西阳呈村的节日

丝瓜花，骑上老墙
抬起一支支小喇叭
嘀嘀嗒嗒，吹吹打打
躲在篱笆下的扁豆角儿
踮起好奇小脚丫
露出一截紫肚兜
见人来含羞低了头

爷爷的菜园里

黄瓜花，茄子花，西红柿花
被蜜蜂和蝴蝶胳肢得花枝乱颤
只有西墙根的南瓜、北瓜
一个个安安静静
都坐成了一尊尊笑佛

门前，一条弯弯的土路
拎一篮蟋蟀的梦歌
摇啊摇
细细的身子像爷爷挑了一辈子
而依然结实的旧扁担
一头担着虫鸣
一头担着月光

可是这所有的一切
都是梦里的场景
默默地淌，亲亲地涌

2023 年 6 月 22 日

向日葵和我一起想起远方

泰丰公园的湖边
站着几株向日葵
它们的笑脸倒映在湖水中
湖平静而舒张
向日葵抬起了一湖的思念

小时候只要放暑假回北坞
我总是站在汾河边放牧灵魂
清凌凌的汾河水撞在石头上
发出叮叮咚咚的声音
在石头的映衬下
河水更加清澈
映照出河边向日葵的脸颊

向日葵总是微笑着站在河边
露出一张、两张、三张笑脸
总是有一只、两只、三只蜜蜂
拥抱着笑脸热吻着

光明而温暖的记忆往往是寂寞
因为寂寞是最好的际遇

我在河边遇到的每一株向日葵
他们都很饱满，富足，有理想
都无谓寂寞

我独自在河边驻足
学着他们的样子
捡拾起梦想
阅读和审视时光
也无谓寂寞
澄明敞开思想
山水与我共呼吸

在清晨，在黄昏，在梦里
我常常久久地站在汾河边
我想到向日葵时
向日葵也想到我
我们一起感受季节
夏天来了，秋天也来了
夏天和秋天又一天天去了

站在泰丰公园的湖边
散落的几株向日葵
和泰达儿女们都按自己的秩序生活着
夏天是来了，秋天也快来了

2023 年 7 月 27 日

最暖的时光

我记得姥爷赶会时
从集上买回来一头小黄牛
姥爷在收拾牛圈时
把小黄牛拴在院里的苹果树下

我蹲在旁边一直凝视着它
和小黄牛的双眼交换着清澈
在小黄牛的头前正好有一朵喇叭花
在阵阵暖风中
泛起蓝紫色的光亮

小黄牛吃矮了身边的草
唯有留下来这朵喇叭花
没有舍得吃掉
而是用鼻孔嗅嗅花香
不时地发出哞哞的轻柔声

当小黄牛眯眼佯装打盹
两只蝴蝶停歇在花冠上
与小黄牛脸对着脸
花隙间露出来的一点阳光

同时落在它们身上

静谧的风拂遍晌午
吹来远远近近的鸡鸣声
真想凑近看一看、闻一闻
小黄牛梦里最暖的时光
还有那片最美的花香

2023 年 7 月 28 日

黑夜里闪耀的光

幸福之所以简单
因为人没有那么多的贪心
纯朴的内心装着天真

小时候夏天的夜晚
我光着膀子在村子里奔跑
把捉到的萤火虫全部装进瓶子里

萤火虫都挤在狭小的空间里
头挤着头、翅挨着翅
厚厚的玻璃瓶成了它们的牢笼

即使把夜幕下的萤火虫都捉到了
把瓶子全部塞满
也抵不上一盏蜡烛的亮度

我又找到了更大的瓶子
在村子里又跑了好几圈
捉了更多的萤火虫
但是这份光还是照不亮课本

萤火虫虽然发出幽暗的光
但是我一点也没有失望，却很欢喜
没过多一会儿
天地顿时明亮起来了

2023 年 7 月 31 日

从此刻起

从此刻起
和生活之路的每一段时光花好月圆
与自然交谈
以虔诚之心生活
简单、纯粹、深情、不多言
只与阳光合谋
把生机盎然迁移到这人世间
生活的热爱心怀大美、安然坚定
内心的渴求怀抱初心、从容自适
从此刻起，生活之路因热爱而不惧风雨

从此刻起
和未来之树的每一段光阴至善至美
与土壤相亲
以草木之名唤醒
挺拔、葱茏、支撑、多馈赠
扎在深厚的泥土中
请枝叶羽翼聆听春生夏长、守望秋收冬藏
未来之树不染尘埃、葱茏蓬勃
生命之树绿叶吐翠、绵延不断
从此刻起，未来之树因挺拔而茂密成林

2023 年 8 月 31 日

文学点亮梦想 _{（代后记）}

作为一个从小热爱文学的人，经常有人会问我：你这么爱好文学，文学到底有什么用？文学能给予你什么？此次的北京之行我才找到了真正的答案。

从得知自己要去北京参加中国作协第十次代表大会，到第一次走进人民大会堂亲眼目睹、亲耳聆听习近平总书记的讲话，再到第一次见到从小崇拜的大家、名家，第一次近距离向文学前辈请教，我的心情如同冬日的阳光一样温暖明媚，久久不能平静。

这些天我一直在想，像我这样一个十八岁之前几乎没有离开过故乡的人，倘若儿童时代没有阅读过四大名著这样内涵博大而丰盛的古典名著；倘若小学时没有每晚七点坚守在电视机前速记当天《新闻联播》，了解国家和世界发生的大事；倘若青春期没有沉湎于《简·爱》《童年》《红与黑》《悲惨世界》等充满才情的世界文学，没有被它们的多情优雅而打动，文学不可能点亮我的梦想。

在这样一个特殊的时刻，回望自己的文学之路，着实感慨万千。我从小就立志用文字创造一个属于我的远方。受祖父的影响和熏陶，我自幼酷爱文学，加之祖父当过私塾老师，留下不少纸线装书，为懵懂之初的我探索文学之路埋下了种子。上小学时，我就开始翻阅经典小说，研习古典诗词。二十二年前，这首《初次写诗的男孩》（初次写诗的男孩／心乱如麻／站在窗前，玩弄着笔／不知如何起笔／初次写诗的男孩／抓头挠肋／坐在窗前，拿起了笔／正在描绘／美好的诗篇）成为我的处女作，至今发黄的手稿纸中仍满载着我青涩的年代。

文学种子播种到心里，就会发芽结果，成长也有了方向。在我的求学之路上，从小学三年级一直到高中，作文总被当作范文张贴在班级的"作文园地"。十六岁荣获全国中学生征文大赛一等奖，当我收到组委会寄来的获奖证书、奖金，连同一套精装版的四大名著时，喜悦沉入心底，我知道，文学的大门已经对我敞开。从此我深深迷恋上了文学，对文学怀有始终如一的热忱。

工作后的十几年间，我始终没有离开文字工作，公文写作和文学创作已经融入血脉之中，成为精神支撑，自己也渐渐地发现有文学陪伴的日子妙不可言：当我从事公文写作枯燥乏味的时候，文学就是草木欣荣，使荒漠不再；当我从事公文写作刻板单调的时候，文学就是宽广田野，无边无垠。我一边用笔下的文字找寻逝去的记忆，一边用生命的触角探寻身边的感动，一行行文字都是灵感给予心灵丰盈的馈赠，都是一次次搏击风雨后的风平浪静，都是岁月流逝悄然在心底深处留下的对生命的珍惜和挽留。文学使我更充实、更丰富、更深刻、更有滋有味，增添了人格的魅力和恒久的自信。

进入深冬的北京，天气格外晴朗，虽然室外阵阵寒意，但是我的内心春意暖融，从未想到自己能作为天津代表团最年轻的一名基层作家，无比荣幸地参加全国作代会，这在我的写作生涯中是一个重要的收获。在北京国际饭店古香古色的会议大厅里，我看到铁凝、莫言、贾平凹、陈建功、白庚胜、阎晶明、高洪波、梁晓声、刘庆邦等文学前辈……我勇敢地走上前去虔诚地求教，留下一张张珍贵的合影。

在这些文学前辈面前，我在感叹他们用文学之光照亮人心、照亮思想、照亮生活、照亮梦想的时候，顿时觉得自己犹如大海里的一颗小水滴，那样的渺小，那样的微不足道。同时也让我更加坚信和发现，人世间的善与恶、美与丑、光明和希望、现实和理想，都可以用文学来呈现。生命中不应该丢弃和流失的东西，比如人格，比如高尚，比如良知，比如健康，比如赤诚，比如情怀……都可以用文学来坚守。文学点亮梦想，就是让我们的心灵挣脱枷锁的束缚，

这一刻似乎被赋予一双轻盈的翅膀，那是振翅向上昂扬的力量，能够自由自在地翱翔。

人们常说文学来自于生活，而我却认为生活来自于文学，因为文学求证了生活中对理想的坚守，求证了生活的庇佑和滋养，求证了人心的向度和光芒。在今天，文学的灯塔作用变得尤为重要，需要闪烁更加耀眼的光芒，潜入无限之境的心灵之海。

每一次触摸到文学，我都会不经意地露出软弱，而这一次我触摸到的，是离梦想最近的地方。通过五天的学习，我的心里仿佛打开了一扇关于家国情怀的大窗，好像获得了一粒种子，饱满、新鲜，富有生机。但是唯有我心无旁骛埋头修行和劳作、匍匐大地、贴近生活、感悟生活、沉入生活，以热切目光深入劳动者的内心、发觉平凡者的非凡，把握时代脉搏、讴歌人性光辉，这粒种子才能慢慢长成参天大树。

作代会闭幕，来自全国各地的作家代表满怀信心和希望踏上归程，心中除了祝福，更多的是坚定信念、接续奋斗的动力。原本各自独立创作的写作者利用五年一次的机会相聚在一起，仿佛集结成一支浩浩荡荡的队伍——有文学灯塔照亮前行的方向，有高大的前辈身影引领，有同道人的笔耕不辍奋力追梦。身在其中的人，得到了一份温暖和慰藉，重新拾起行囊，找到方向，看到了出口的微光。

这微光正是文学灯塔的光芒，正是时代精神的灯火。

2021 年 12 月 31 日

图书在版编目（CIP）数据

人生几度／王林强著. -- 北京：中国文史出版社，
2024.1

ISBN 978-7-5205-4247-0

Ⅰ．①人… Ⅱ．①王… Ⅲ．①诗集-中国-当代
Ⅳ．①I227

中国国家版本馆 CIP 数据核字（2023）第 160807 号

责任编辑：薛未未
封面题签：蒋子龙

出版发行：中国文史出版社
社　　　址：北京市海淀区西八里庄路 69 号院　　邮编：100142
电　　　话：010-81136606　81136602　81136603（发行部）
传　　　真：010-81136655
印　　　装：廊坊市海涛印刷有限公司
经　　　销：全国新华书店
开　　　本：720×1020　1/16
印　　　张：20.75　　字数：273 千字
版　　　次：2024 年 1 月第 1 版
印　　　次：2024 年 1 月第 1 次印刷
定　　　价：63.00 元